Eine kleine Großstadt im Nordwesten zählt in Studien und Meinungs-Umfragen regelmäßig zu den lebenswertesten Orten Deutschlands. Die regenreiche, seit Jahrzehnten ununterbrochen wachsende Stadt in wenig spektakulärer Landschaft gilt als exzellentes Pflaster für aufstrebende Unternehmen und Wissenschaftler. Unter der Oberfläche des Erfolgs tummeln sich jedoch ganz alltägliche Lebensentwürfe, denen Glück und Schicksal in gleicher Stärke begegnen. Das gilt auch für jene Menschen, die erst kürzlich zugezogen sind.

Über dem Cäcilienpark formt in zwölf nicht unübertragbaren Geschichten eine Hommage an jene Bürger einer Stadt, die es nicht (oder nicht mehr) in die örtliche Zeitung schaffen.

Andreas van Hooven, 50, hat für eine Nachrichtenagentur in Berlin gearbeitet und die Pressearbeit zweier Städte verantwortet. Seit 2018 leitet er die Wahlkreisbüros eines CDU-Bundestagsabgeordneten. Der promovierte Musikwissenschaftler lebt mit seiner Familie in Oldenburg. 2016 erschien sein Roman-Debut *Stadt der Platanen* bei BoD, 2017 der Nachfolger *Klangkörper* über die (zunächst) fiktive Rockband *Stereos*. 2020 veröffentlichte van Hooven den zeitkritischen Familienroman *Alles ringsum Sichtbare*. Aktuell arbeitet er an einem Stoff unter dem Titel *Wir werden wachsen.*

Weitere Informationen unter www.caecilienpark.de

Über dem Cäcilienpark

Copyright © Andreas van Hooven 2021 | Alle Rechte vorbehalten | Herstellung und Verlag: BoD – Books on Demand, Norderstedt | Umschlaggestaltung: Andreas van Hooven | Titelfoto: © Farinosa – iStock | ISBN 978-3-753-44622-6 |

ÜBER DEM CÄCILIENPARK

Andreas van Hooven

12 Erzählungen

Die Figuren dieser Erzählungen sind streng fiktiv.
Ähnlichkeiten ihrer Ansichten, Äußerungen und
Handlungen mit denen tatsächlicher Personen sind zufällig.

Ansichten, Äußerungen und Handlungen tatsächlicher
Personen unterliegen in diesem Text ausschließlich der
Darstellung durch streng fiktive Figuren.

INHALT

Das Monster, das ich meine Arbeit nenne

So frei waren die Straßen nie seit meiner ersten Tour vor 27 Jahren. Passiert heute nichts Außergewöhnliches mehr, bin ich in zwanzig Minuten zurück im Verteilzentrum. Zwei Stunden früher als sonst, nur drei Rückläufer müsste ich aufs Band werfen, den Lkw abstellen und säße schon auf dem Rad.

Jenny könnte jetzt endlich mal antworten, wie sie meinen Vorschlag findet. Ich blicke auf mein Smartphone, während die Ampel weiter Rot zeigt: keine Nachricht von Jenny. Auf jeden Fall werde ich früher Schluss machen, heute. Überstunden habe ich schließlich genug, die lassen sich verrechnen. Auch mein Chef wird nichts einwenden – bei uns herrscht gute Laune, zumindest im Vergleich zur Stimmung in den vielen Firmen, denen ich Pakete liefere: In der Veranstaltungsbranche sieht es ganz schlimm aus, genauso in der Gastronomie und bei den Hotels. Fast alle sitzen zu Hause und warten auf den Sieg über das Virus, darauf, dass die Zeitungen, Magazine und Foren einen Durchbruch melden: den heiß ersehnten Impfstoff, rapide sinkende Infektionszahlen durch die Kontaktsperre oder wenigstens irgendein Medikament, mit dem sich der Erreger in Schach halten ließe. Doch bei uns in den Paketdiensten brummt das Geschäft: Immer mehr Leute bestellen ihre Waren im Netz und Leute wie ich liefern sie ihnen nach Hause. Auf das einzelne Paket gerechnet sind wir schneller als je zuvor. An beinahe jeder Haustür dauert die Übergabe kaum länger als ein Augenzwinkern. Fast alle Kunden akzeptieren es ohne große Kommentare, dass ich für sie auf dem Scanner unterschreibe. Zurück am Wagen stehen keine Autos plötzlich im Weg, kein Bus versperrt die Fahrbahn und spuckt inzwischen Fahrgäste oder Jugendliche und Kinder aus, die genau in diesem Augenblick von ihrer Klassenfahrt zurückkehren und mich für Minuten aufhalten – keine Staus, keine Horden waghalsiger oder gar rücksichtsloser Menschen zu Fuß oder mit dem Rad. Und dann sind die Straßen seit Tagen auch noch trocken, die Sonne scheint unentwegt. So könnte es bleiben, würde Corona nicht zahllose Menschen in die Knie zwingen.

Weiterhin keine Nachricht von Jenny. Hinter mir hupt nun doch jemand – die Ampel zeigt wohl schon länger Grün. Ich biege auf den Niedersachsendamm ein, um mein letztes Ziel anzufahren, den Oldenburger Yacht-Club auf der Landzunge zwischen dem Küstenkanal und dem Osternburger Kanal. Eigentlich müsste ich zur Toilette. Doch die letzten Minuten halte ich noch durch. Die Straße führt bergan zur Brücke über die Schleuse. Links verläuft jetzt die Autobahn parallel. Bevor das Virus unser Land lahmgelegt hat, herrschte um diese Uhrzeit dichter Verkehr, dort wie hier. Ich bremse, biege links ein, rolle steil den Hang bergab unter den Autobahnbrücken durch, bis ich an die Schrebergärten gelange. Meine Scheibe ist unten, frische Luft weht in die Kabine und ich blicke auf die kleinen Häuser. Hier immerhin sieht man ein paar Menschen, die Gemüse in ihren Beeten pflanzen oder den Rasen zum ersten Mal mähen. Die Stille ist auch deswegen so trügerisch, weil Ende März das Leben aufblühen, die Menschen sich zeigen müssten. Eine Kontaktsperre im November wäre vermutlich kaum aufgefallen, wenn man das Teegeschirr aus der heimischen Vitrine holt und Kerzen im Kreis der Familie aufstellt. Doch die Vögel zwitschern wie in jedem Jahr – mit Ausnahme der Blaumeisen, die ein Bakterium dahinrafft. Die Knospen brechen auf, die Blätter sprießen. Im Radio läuft sommerliche Musik und die Luft ist süß. Nur das Bild da draußen, es wirkt wie ein Stillleben.

Normalerweise halte ich im Schatten unter der Kastanie neben der großen Bootshalle. Heute aber trete ich später auf die Bremse, lasse den Lkw bis zum Vereinsheim rollen, stelle den Motor ab und greife mir das Päckchen vom Beifahrersitz, rutsche rüber und steige dort aus, laufe die Stahltreppe zum Büro des Yacht-Clubs hoch. An der Glastür hängt ein Zettel: Die Geschäftsstelle sei geschlossen. Gabi wäre mobil zu erreichen, heißt es weiter. Ich ziehe mein Smartphone aus der Hosentasche, tippe ihre Nummer und sie nimmt nach zwei Freizeichen ab.

„Legen Sie es bitte unter die Treppe, hinter den Mauervorsprung, da sieht es keiner."

Das verspreche ich ihr und sie bedankt sich für den Anruf, wünscht mir Gesundheit, so wie viele es dieser Tage tun. Im Grunde freue ich mich über die Geste, ich selbst verabschiede Freunde inzwischen regelmäßig mit diesen Worten. Doch etwas merkwürdig fühlt sich die althergebrachte Formel dennoch an. Ich eile also die Stufen runter und verstecke das Päckchen, will schon einsteigen, da vibriert mein Smartphone in der Brusttasche: eine Nachricht von Jenny. Ja, schreibt sie, sie käme mit auf die Radtour, ich solle aber pünktlich sein und sie abholen.

Ich wische mir ein paar Tropfen Schweiß von der Stirn. Die Sonne brennt stark wie ansonsten im Hochsommer. Ich bin ein echter Glückspilz und hatte doch Grund zu zweifeln: Ob sie mir rotzig antworten würde oder mich gar ignoriert, nach dieser langen Pause. Verdient habe ich ihr Wohlwollen eigentlich nicht, das ist schon richtig. Und mein Vorschlag, jetzt noch zu einer

Tour Richtung Dötlingen aufzubrechen, war ein bisschen wagemutig, immerhin geht die Sonne bereits um 20 Uhr unter. Ich muss mich also sputen. Doch wenn ich so recht überlege, wird mein Drang zu pinkeln einfach zu groß. Ringsherum ist niemand zu sehen, auch im Saal des Yacht-Clubs scheint sich keiner aufzuhalten. Schließlich sind Treffen in Vereinen ja auch verboten, seit die Kontaktsperre im ganzen Land verhängt wurde. Mehr als zwei Personen dürfen in Niedersachsen nicht zusammenkommen in der Öffentlichkeit. Jeder muss anderthalb Meter Abstand zum nächsten halten. Ich blicke mich noch einmal um: Auch die kleine, gebogene Fußgängerbrücke über dem Osternburger Kanal ist leer. Ich kann den Wagen offen lassen – den Schlüssel habe ich ja am Mann. Ich nehme also mein Herz in die Hand, laufe ums Haus, über die Terrasse des Yacht-Clubs, dann weiter bis zu den Bäumen an der Spitze der Landzunge und stelle mich dort an einen der Büsche.

Das Päckchen stammte von einem Schiffsausrüster, vermutlich enthielt es ein wichtiges, kleines Utensil. Überhaupt muss ich zugeben, dass mich der Inhalt der Pakete in diesen Tagen mehr interessiert als vor Beginn der Corona-Krise. Jeder Hinweis auf der Verpackung löst in mir den Gedanken aus, das Innere berge etwas Neues für die Kunden. Mit dieser bestimmten Sendung änderten sie ihr bisheriges Verhalten, erschlössen sich fremde Welten, so, als beträten die Kunden mit jedem Päckchen Neuland, durch eine frische Portion Leben gegen all die aufgezwängte Langeweile. So wie ich selbst, als ich mir Zahnkränze bestellte, um das verwaiste Mountain-Bike zu reparieren. Seit einem geschlagenen Jahr steht es im Keller. Immer wieder wollte ich es in Ordnung bringen und habe es doch wieder aufgeschoben. Meistens war ich zu kaputt von der Arbeit, wirklich völlig erledigt. Die Bandscheibe fing an zu schmerzen, die rechte Handwurzel ebenso und natürlich die Achillessehne. Vor allem, wenn sich wieder einmal jemand krank gemeldet hatte und wir morgens am Band kurzerhand dessen Tour unter uns aufteilen mussten. In den letzten Monaten wurde es wieder so schlimm wie vor 27 Jahren, als ich bei der Konkurrenz unten an der holländischen Grenze angefangen hatte und die ersten Monate alles hinschmeißen wollte. Der Tag begann morgens um fünf Uhr am Band. Wer unerfahren war wie ich zu jener Zeit, der brauchte über zwei Stunden, um die zweihundert Pakete sinnvoll im Laderaum zu stapeln. Regalböden und Sicherungsnetze gab es damals keine. Bis zum ersten Kunden musste ich noch vierzig Minuten fahren. Zwanzig, dreißig Stundenkilometer zu schnell war ich außerorts immer, nur nicht an Stellen mit fest installierten Blitzern oder sobald am Horizont eine Streife auftauchte. Doch oft stieg die Tachonadel höher, die Motoren waren nicht gedrosselt. Knapp 130 saßen immer drin, wenn die Zeit drängte. Ungefähr gegen 10 Uhr brach dann das Chaos im Laderaum aus, wenn ich Pakete zuladen musste, zwei Meter lange, vierzig Kilo schwere Textilrollen, die dann mitten im Gang über den noch gut 150 Paketen lagen. Vor 18 Uhr war ich nie zurück im Verteilzentrum. Und vor 19 Uhr kam ich selten dort raus, weil ich die ganzen Rückläufer und Zuladungen noch ausladen und sortieren musste. Heute sind die Arbeitszeiten besser geregelt. Doch der Druck ist genauso hoch, die Zahl der Unfälle, der abgefahrenen Spiegel, kaputten Zäune und Mauern, zerkratzten Seitentüren ist kaum geringer.

Erst das Virus hat dieses Monster, das ich meine Arbeit nenne, seit einigen Tagen gebändigt. Erst das Virus hat mir Freiraum im Kopf verschafft, um meine Gedanken tagsüber während der

Fahrt zu ordnen. Gestern wurde mir dann klar, dass ich Jenny anrufen muss, dass es an mir war, dass ich mich nicht ausruhen durfte auf der Tatsache, dass sie mit einem anderen ins Bett gestiegen und dann ausgezogen war. Schließlich hatte ich kaum noch mit ihr gesprochen, war von dem vielen Lob des neuen Chefs während der vergangenen Monate völlig eingenommen, vom Gedanken, ich könne wieder in den Verkauf zurückkehren, sogar mit Leitungsfunktion. Entsprechend kam ich jeden Abend mundtot nach Hause. Doch heute ist die Gelegenheit für die Radtour mit Jenny gekommen und damit eine Chance, wieder miteinander zu reden. Die Strecke entlang der Hunte über den Geestrücken bei Dötlingen ist wirklich schön, es gibt ordentliche Steigungen, viel Wald mit stolzen Buchen und natürlich diese wundersam enge Windung des Flusses.

Ich biege um die Ecke und sehe schon meinen Wagen, steige hoch auf den Sitz und schiebe noch die Beifahrertür zu, trete die Kupplung und will den Gang rausnehmen … da wimmert plötzlich ein Kind von irgendwo und ich stoppe sofort, blicke mich auf dem Vorplatz des Yacht-Clubs um, steige wieder aus und sehe hinter dem Wagen nach. Doch dort ist nichts. Plötzlich schreit das Kind nun klar und deutlich … und zwar aus meinem Laderaum. Ich springe auf, steige nach hinten und sehe direkt hinter der Wand ein kleines, blondes Mädchen mit Zöpfen, vielleicht drei, höchstens vier Jahre alt. Sie trägt ein sommerliches, kariertes Kleidchen und ihr laufen die Tränen.

„Was machst du denn hier?", beuge ich mich zu der Kleinen herab. „Wo ist denn deine Mama?"

„Máma", sagt sie mit starker Betonung auf der ersten Silbe. Doch jedes weitere Wort verstehe ich nicht, sie scheint eine slawische Sprache sprechen, vermutlich Russisch. Ich hätte die

Tür vorhin abschließen müssen, mein Gott. Anders kann sie nicht in den Wagen gelangt sein.

„Wollen wir deine Máma suchen?" Sie fängt bitterlich an zu weinen und ich knie mich auf den Boden, zeige hinter mich nach draußen: „Ist dort deine Máma?"

Dann rücke ich ein Stück ins Fahrerhaus zurück, winke dem Mädchen zu, dass sie mir folgen solle, was sie dann auch tut. Ich öffne die Fahrertür, steige ab und hieve sie nach draußen, setze sie ab und deute mit dem Zeigefinger über den Platz:

„Da Máma? Oder da Máma?"

Die Kleine weint unentwegt, ohne mir einen Hinweis zu geben. Ich reiche ihr meine Finger, führe sie in Richtung der Fußgängerbrücke, zeige hinüber:

„Ist dort deine Máma?"

Sie reagiert nicht. Also nehme ich sie bis zur Kuppe der kleinen Brücke mit, wo der Spazierweg entlang des Kanals besser einzusehen ist. Aber dort und auch in Verlängerung der Brücke – im anderen Teil der Sophie-Schütte-Straße – regt sich nichts. Ein Pärchen, das am Ufer joggt, könnte mir helfen. Auf meine Gesten und Rufe hin werden die beiden langsamer, streifen ihre Kopfhörer ab, schütteln aber die Köpfe: Nein, sie hätten die Eltern der Kleinen nicht gesehen.

Ich muss jetzt gut überlegen, scharf nachdenken, von wo das Kind wahrscheinlicher gekommen ist. Eigentlich kann es nur von der anderen Seite stammen, doch da ist nur die Schule, deren Spielplatz wegen des Virus gesperrt ist. Vielleicht stammt sie aus der Straße, die weiter hinten abzweigt. Dort stehen Mehrfamilienhäuser, in denen auch Spätaussiedler wohnen. Aber der Weg wäre für ein kleines Mädchen recht weit. Sie hätte schon auf der Brücke stehen müssen, als ich das Päckchen versteckte.

Ebenso gut könnte die Kleine aus den Schrebergärten fortgelaufen sein.

Wir stehen mitten auf der Brücke über dem schmalen Kanal, die Sonne brennt und ich muss mich entscheiden: Weder kann ich das Mädchen hier zurücklassen oder es in den Wagen sperren, noch dürfte ich sie mitnehmen, schließlich habe ich keinen Kindersitz dabei. Daher kann ich das Kind auch nicht zur Polizei fahren, auch wenn die Wache in Kreyenbrück nicht weit entfernt liegt. Warten ist allerdings auch keine Option. Wahrscheinlich suchen ihre Eltern sie an ganz anderer Stelle und es könnte Stunden dauern, bis sie hier beim Yacht-Club vorbeischauen. Also nehme ich die Kleine mit. Am besten steuern wir zuerst die Schrebergärten an, in Schrittgeschwindigkeit. Und sollte dort niemand das Mädchen kennen, würde ich den Bogen bis zur Cloppenburger Straße fahren, Richtung Stadt und sofort wieder links, um in das Wohngebiet mit den Spätaussiedlern zu gelangen. Spätestens dort würden wir ihre Eltern sicherlich finden. Auf jeden Fall wäre sie in der Zwischenzeit nicht allein. Zwar habe ich keinerlei Erfahrung mit Kindern: „Aber das wird schon irgendwie funktionieren, mit uns beiden, nicht wahr!"

Hauptsache, ich schaffe es rechtzeitig nach Hause, damit Jenny nicht warten muss. Ich hebe die Kleine in den Wagen, schiebe die Tür zu und laufe zur Fahrerseite, springe hoch und lächle ihr zu: „Putti, putti! Onkel jetzt Máma finden."

Doch das Mädchen hockt im Fußraum, sie blickt mich staunend an aus ihren großen, dunklen Augen, während ich die Kupplung kommen lasse.

„Scheiiiiiße!"

Ich hatte den ersten Gang noch drin und die Kiste ist voll vor den Pfeiler der Eisentreppe geschossen. Das Mädchen grinst, dann beginnt sie zu glucksen und wedelt fröhlich mit ihren Armen.

„Moment, bin gleich wieder da."

Ich springe raus und sehe mir das Malheur an. Der gusseiserne Pfeiler hat nichts abbekommen, aber die Motorhaube ist eingedellt, der Lack über und unter dem Kühlergrill zerkratzt. Ich werde meinem Chef einfach erzählen, ich wisse nicht, woher der Schaden stamme. An der Treppe des Yacht-Clubs ist nichts passiert und gesehen hat es auch keiner.

Zurück im Wagen hält die Kleine eines der drei Rückläufer-Päckchen in den Händen. Die anderen zwei liegen im Laderaum auf dem Fußboden. Ich hebe sie auf, lasse ihr die Beute zum Spielen und passe diesmal auf, das kein Gang eingelegt ist, starte den Motor, wende den Wagen und blicke das Mädchen nochmal an: „Du schön spielen … und nix aufstehen."

Neugierig fummelt sie am Karton. So stellt sie wenigstens nichts an. Langsam rollt der Wagen vom Vorplatz, zwischen der Bootshalle und der Kastanie hindurch. Die Uhr im Armaturenbrett zeigt inzwischen 15:45 Uhr. Wahrscheinlich war es zu voreilig, mich für 17 Uhr zu verabreden. Aber noch könnte ich es schaffen, ich muss nur die Eltern des Mädchens finden, möglichst schon in den Kleingärten, dann könnte ich oben am Niedersachsendamm gleich in die richtige Richtung weiterfahren. Rechts säumt bereits die Hecke der Kleingartensiedlung den Weg. Ich gehe vom Gas und bremse ganz sanft, damit die Kleine nicht nach vorne kippt. Wir halten direkt am Gatter zum Hauptweg.

Ich kurbele das Fenster an der Beifahrerseite runter, lächle dem Mädchen neben mir zu:

„Jetzt rufe ich deine Máma."

Doch in den ersten Parzellen links und rechts des Weges reagiert niemand. Auch mein zweiter Ruf bleibt ohne Resonanz. Das wollte ich eigentlich vermeiden, mit der Kleinen aussteigen zu müssen – sie läuft mir nur davon, wenn ich von Schrebergarten zu Schrebergarten gehe und die Leute befrage. Aber es hilft wohl nichts, wir verlassen also den Lkw, ich öffne das Gatter und nehme das Mädchen auf den Arm:

„Wie heißt du eigentlich?"

„Máma!"

„Nein! Du selber!", tippe ich ihr auf die Brust.

„Nána!"

Es ist zwecklos. Wir gehen zur ersten Datsche, mit frisch gemähtem Rasen und akkuraten Beeten, einem Zierspringbrunnen mit speiendem Messing-Karpfen. Der Besitzer steht auf seiner Veranda und schürt Glut in einem Grill.

„Moin!", rufe ich ihm zu. „Entschuldigen Sie, ich bräuchte ihre Hilfe!"

Zum Glück trage ich meine Uniform, die lässt mich seriöser wirken. Einem Paketboten mit konkretem Ziel hilft man schon eher als einem dahergelaufenen Strolch. Er hängt seinen Haken an den Grill, zupft sein kariertes, kurzärmeliges Hemd zurecht und kommt an den Zaun.

„Moin!", grüßt er. „Wo brennt's denn? Pakete für den Helming nehme ich aber keine mehr an. Der holt sie immer wochenlang nicht ab. Letzten Winter hatten wir das ganze Regal voll mit seinem Zeug."

„Nein, nein! Ich habe schon Feierabend. Aber sagen Sie, kennen Sie vielleicht dieses Mädchen? Sie ist mir zugelaufen."

„Nee! *Min lüttje Deern, bist utbüxt?*" Er streichelt ihr die Wange und blubbert mit den Lippen, worauf sie derart zu feixen und zappeln beginnt, dass ich Mühe habe, sie zu halten. „Nee! Die is' nich' von hier. Vielleicht von den Aussiedlern, *dröven in de Oltmanns-Straat*. Aber fragen Sie mal weiter hinten! Ich kenn ja nun nich' Gott und die Welt." Er wünscht mir noch einen schönen Tag und kehrt zurück an seinen Grill.

„Lüttje", sagt die Kleine plötzlich und grinst auf meinem Arm.

„In Ordnung, dann nennen wir dich jetzt Lüttje."

Wir gehen den Weg weiter, ich blicke in die Gärten. Nach ein paar Metern entdecke ich wieder jemanden, diesmal eine ältere Frau, die ihre Wäsche aufhängt. „Moin!", sage ich.

„Moin! Wollen Sie zu mir?"

„Das Mädchen ist mir zugelaufen. Kennen Sie vielleicht seine Eltern?"

„Nein! Die Kleine habe ich noch nie gesehen. Aber was hat sie denn, sie wird ja ganz rot."

„Oh, nein!"

Warm läuft es mir über den Unterarm, tropft auf meine Hose und die Kleine scheint auch noch ein großes Geschäft zu erledigen, so sehr schwellen ihre Wangen puterrot an. Ihre Augen sind starr und glasig.

„Kommen Sie mal rein!", sagt die Dame und öffnet die Pforte. „Ich habe immer Wäsche für meine Enkel da. Wenn Sie mir die bei Ihrer nächsten Tour bitte zurückbringen!"

„Lüttje, Lüttje", quasselt die Kleine sichtlich erleichtert, während ihr Pipi auf meinem Arm bereits zu jucken beginnt.

Die Frau bittet uns in ihr Haus, eilt zu einem Schrank und kramt Kinderkleidung heraus.

„Das hier müsste passen", sagt sie und zeigt mir Unterwäsche und ein Kleid. „Lassen sie die schmutzige Wäsche ruhig da. Die tauschen wir auch beim nächsten Mal. Hier, setzen sie die Kleine mal auf dem Küchentisch ab. Ich mache das schon.“

„Danke!“

„Haben Sie Kinder?“, möchte sie von mir wissen.

„Nein!“

„Schade! Da verpassen Sie was.“

„Ich bin mit meiner Freundin auseinander. Und es hat sich nie ergeben. Es war nie der passende Augenblick.“

„Den gibt es nicht“, sagt die Dame geschäftig, während sie dem Mädchen den Hintern reinigt und die Tücher in eine Plastiktüte stopft.

„Hier!“, hält sie mir das Übel hin: „Der Mülleimer steht links hinter dem Haus.“

Ich bringe die Sachen raus und blicke von Hecke zu Hecke über die gesamte Anlage, ob jemand eilig suchend umherläuft oder von der Straße kommt. Doch die Gärten liegen still in der Sonne, nichts rührt sich, nur ein Rasenmäher dröhnt in der Ferne.

Drinnen sehe ich, wie die Dame der Kleinen den Hintern cremt, die Windel zuzieht und ihr die Klamotten überstreift.

„So, das hätten wir. Was wollen Sie denn jetzt mit ihr machen? Möchten Sie sie hierlassen und zur Polizei fahren und das Kind dort melden?“

Ich zögere kurz, weil ich nie zuvor in einer vergleichbaren Lage war.

„Nein!“, sage ich dann: „Sie ist mir über den Weg gelaufen. Also muss ich mich um sie kümmern.“

„Nun gut! Dann wünsche ich Ihnen viel Erfolg! Bringen Sie mir bitte die Wechselwäsche zurück, wenn Sie das nächste Mal wieder vorbeikommen!“

Ich verspreche es ihr, bedanke mich mehrfach und verlasse ihr Häuschen, eile zur Pforte und dann den Weg bis zum Ende der Schrebergärten hoch, kehre um und blicke auf die Parzellen der anderen Seite, halte einmal bei einem jüngeren Mann in Flanellhemd und Tischlerhose. Doch auch er beteuert, das Mädchen nie zuvor gesehen zu haben, geschweige denn seine Eltern zu kennen. Mir bleibt keine andere Wahl, als es auf der anderen Seite des Kanals zu versuchen, denn ansonsten gibt es hier keine weiteren Gebäude, in denen jemand wohnt.

„Lüttje, du musst wieder in den Fußraum", sage ich und reiche ihr das Paket, damit sie beschäftigt ist. Während ich einsteige und den Motor starte, gluckst und grinst sie, wirkt inzwischen deutlich ruhiger, ja, beinahe zufrieden inmitten ihres Abenteuers. „Guck mal Lüttje … jetzt geht's steil bergauf."

Sie klatscht in die Hände, während ich zum Damm hochfahre und an der Hauptstraße halte, da sich von links ein Auto nähert. Lüttje spielt wieder mit ihrem Paket. Hauptsache, sie bleibt sitzen. Ich blicke links und rechts die Straße ein und gebe Gas, nachdem der Wagen vorbei ist, beschleunige sanft und blicke kurz auf die Uhr, dann wieder zu der Kleinen:

„Nein, Lüttje! Nein, nein! Auf keinen Fall, du setzt dich bitte sofort wieder hin. Lüttje …" Doch da ist es schon geschehen, ich bremse voll, setze den Warnblinker und kurbele das Fenster an Lüttjes Seite hoch: „Bitte setz dich! Und du bleibst hier! Onkel muss jetzt Paket suchen."

Ich blicke in den Seitenspiegel, ob ein Wagen von hinten kommt, springe auf die Fahrbahn und verriegle die Tür, haste die Straße hoch und suche die Böschung hinter der Leitplanke ab. Doch je länger ich renne, umso mulmiger wird mir – weit kann die Stelle nicht entfernt sein, an der Lüttje das Päckchen aus dem Fenster geworfen hat. Ich gebe alles, erreiche die Kanalbrücke, blicke aufs Wasser hinunter und sehe den Karton mittendrin. Nirgendwo liegt ein Stock an der Straße, an keiner der Weiden hängt ein geknickter Ast, den ich zum Fischen nutzen könnte:

„Scheiiiiiße!", rufe ich laut über den Kanal hinweg, löse die Schleifen an meinen Stiefeln, stolpere den Damm hinunter und stürze auf dem letzten Meter, purzle auf die Wiese. Zwei Schafe gucken mich stoisch an, blöken nicht einmal und ich raffe mich auf, die Stiefel in der Hand und laufe bis zum Ufer, reiße mir den Pullover und die Hose vom Leib, atme einmal tief durch:

„Jenny!", rufe ich laut: „Diesmal werde ich pünktlich sein!"

Und dann springe ich hinein.

Das Wasser hat vielleicht vierzehn Grad. Am schlimmsten fröstelt es hinten auf dem Rücken unter dem T-Shirt. Ich strecke die Arme durchs Wasser, beginne zu kraulen und erreiche das treibende Päckchen, schnappe es mit beiden Händen und gehe unter, schlucke Kanalwasser. Eklig schmeckt es, so wie abgestandenes Blumenwasser riecht. Doch ich bin mit den Gedanken schon wieder bei der Kleinen … Lüttje … ich komme.

Langsam geht es voran, ein wenig Strömung hat der Kanal dann doch. Ich werfe das Päckchen an Land, quäle mich am Ufer in den Stütz, stehe wackelig auf und spüre die kalte Frühlingsluft trotz der strahlenden Sonne.

„Jenny, Lüttje, ich komme."

Nachdem ich mir Hose und Pullover über die vor Kälte stumpfe Haut gequält habe – die nassen Füße wollten allerdings nicht in die Lederstiefel hinein –, stampfe ich samt Päckchen den Deich hinauf zurück an die Straße, sehe hundert Meter weiter meinen blinkenden Lkw und beginne zu joggen.

Angekommen, die Tür aufgerissen, lächelt Lüttje mir entgegen, als sei nichts gewesen. Ich werfe das triefend nasse, aufgequollene Päckchen, das mir beim Theater Wrede niemand abgenommen hatte, weil dort niemand öffnete, neben meinen Sitz auf den Boden, die Stiefel hinterher und hieve mich auf den Sitz:

„Lüttje!", sage ich, „die Suche nach deinen Eltern muss kurz warten, ich muss erstmal telefonieren."

Mit meiner Jacke rubble ich mir den Kopf ab, tippe dann Jennys Nummer, blase die Wangen auf und puste die Luft soweit es nur irgend geht in die Welt hinaus, da nimmt sie ab:

„Jetzt sag nichts Falsches, Hanko!"

„Nein, Jenny, ich bin pünktlich, versprochen! Aber es ist was dazwischen gekommen. Du legst doch immer Wert darauf, dass ich frühzeitig sage, was Sache ist …"

„Ja!", unterbricht sie mich mit skeptischem Tonfall.

„Es ist nur so, ich habe ein Kind …"

„Was?"

„Nein, nicht wie du denkst." Lüttje fummelt inzwischen am Klappsitz und brabbelt unverständliche Worte.

„Was denn, wie denn, Hanko?"

„Ich hab' sie gefunden, im Laderaum."

„Was hast du? Bist du jetzt völlig übergeschnappt?"

„Ach, Jenny, bitte … Sie ist mir zugelaufen und hat dann ein Päckchen zum Fenster rausgeworfen und ich musste in den Kanal springen."

„Hanko!", zieht Jenny meinen Namen derart in die Länge, wie sie es immer tat, wenn ein Krach folgen sollte, der unsere Beziehung wieder in Frage stellte. „Du setzt jetzt bitte Himmel und Hölle in Bewegung und stehst um Punkt 17 Uhr bei mir auf der Matte."

„Ja, ja!“, stöhne ich. „Ich werde pünktlich sein.“

„Das wollen wir hoffen“, entgegnet sie spröde und beendet das Gespräch.

„Ach, Lüttje!“, raune ich. „Erwachsen sein ist fürchterlich anstrengend.“

Engelsgleich blickt sie mich an und ich reiche ihr meine Hand, ziehe sie ein wenig näher und setze sie mir auf den Schoß, lege einen Arm um sie und drehe den Zündschlüssel, lasse die Kupplung vorsichtig kommen. Langsam rollen wir den Damm entlang bis zur großen Kreuzung an der Cloppenburger Straße. Die Ampeln stehen auf Rot, aber von keiner Seite naht ein Fahrzeug, kein Rad oder irgendein Fußgänger, der sich während der Corona-Krise auf die leeren Straßen in Kreyenbrück verirrt hätte. Mit zwanzig Stundenkilometern tuckern Lüttje und ich weiter Richtung Wohngebiet. Auch die nächste Ampel quere ich bei Rot – weit und breit ist niemand zu sehen. Lüttje scheint gefallen am Lenkrad zu finden, also drossle ich das Tempo sogar auf fünfzehn km/h, biege ohne zu blinken in den anderen, den ersehnten Teil der Sophie-Schütte-Straße ein. Hinter der nächsten Kreuzung steht ein aufgebrachter Pulk, in dessen Mitte eine Frau die Hände über dem Kopf zusammenschlägt. Ich blicke in den Spiegel, sehe meine nassen Haare kreuz und quer aufragen. Mittendrin hängt ein Streifen modriges Grünzeug.

„Weißt du Lüttje!“, sage ich, während ich bei der Familie halte. „Ich glaube, ich fahre gleich direkt zu meiner Jenny. Den Lkw, den kann ich auch später noch zur Arbeit bringen.“

Zwischen all den Preisen

Seine linke Hälfte schillerte im Sonnenlicht, als wolle er mich trösten. Der Wind trieb ihn rasch über die Achterbahn auf die andere Seite des Jahrmarkts, wo sich die Stände mit kandierten Äpfeln, Zuckerwatte und holländischem Lakritz befanden. Neben mir zeigte ein Mädchen in den Himmel und zerrte am Mantel ihrer Mutter. Drei Jungs kicherten und grinsten mich an, blickten wieder hoch zu den wenigen weißen Wolken, vor denen mein Ballon in die Ferne flog. Noch immer spürte ich seine Schnur in meiner Hand. Der Daumennagel war schon blutleer. Doch so kräftig ich die Kuppen auch zusammenpresste – dieses Gefühl blieb und blieb, wie die Schnur durch meine Finger glitt."

„Bist du ihm nachgelaufen, Oma?"

„Oh, ja, meine liebe Vicky! So schnell ich konnte. Aber an der nächsten Ecke stand ein Pulk von Menschen vor dem Kettenkarussell, das damals völlig neu war, eine echte Attraktion. Ich habe gerufen, man solle mich durchlassen. Der Ballon würde auf der Wiese vor dem Kramermarkt landen. Andere Kinder nähmen ihn dort sicherlich gleich mit, diesen größten Ballon der gesamten Kirmes, meinen Hauptgewinn vom Losstand gegenüber. Ich ballte meine Fäuste und drängte zwischen die Leute, ging auf die Knie und schlüpfte zwischen ihren Beinen durch. Eine ältere Dame verlor das Gleichgewicht über mir und schrie mit spitzer Stimme. Hinter dem Pulk sprang ich auf und rannte weiter, bog auf den Hauptweg ein. Meiner Mutter hätte ich erzählen können, dass mir die letzte Mark im Gedränge durch ein Rost gefallen sei. Auch könnte ein zwielichtiger Junge mir die Münze aus der Hand gerissen haben, genau in jenem Moment, als mir die Verkäuferin die geliebten Lakritz für den Vater und den kandierten Apfel für die Mutter reichen wollte. All das hätte ich mir ausdenken können. Aber ich sah schon die holländischen Wagen mit ihren Auslagen links und rechts. Die Jahrmarktsorgel spielte am Eingang und dahinter öffnete sich die grüne, weite Wiese, völlig leer. Auch am Himmel war kein Ballon zu entdecken."

„Bist du dann nach Hause gegangen?"

„Ja, meine kleine Vicky! Wenn auch auf Umwegen."

„Hast du dich geschämt oder warst du nur wütend?"

„Manchmal gehört das zusammen, Vicky."

„Hast du es gebeichtet?"

„Erst ein paar Tage später, Vicky, erst später."

„Oma, du streichst mir anders übers Haar … als am Anfang."

„Wirklich?"

„Und du hast den Ballon überhaupt nicht mehr gesehen?"

„Oh, doch! Ab und zu habe ich ihn deutlich vor Augen. Es ist der schönste Ballon, den du dir vorstellen kannst. Seine Farbe zerfließt an den Rändern im Glanz, als sei er bloß dafür geschaffen worden, die Sonne zu fangen. In seiner Mitte glüht er tiefrot, beinahe geheimnisvoll. Unzählige Schattierungen wirst du finden, wenn du ihn lange genug betrachtest. Manchmal sehe ich ihn hoch am Himmel vor den Wolken. Und manchmal glänzt er prachtvoll zwischen all den Preisen."

Wer beim Drögen Hasen grüßt

Wenn du ihnen morgens am Drögen Hasen ein fröhliches Moin zurufst, ignorieren dich die Städter bestenfalls. Das gilt übrigens auch für die Gegenrichtung, wenn ich abends das Büro im Zentrum verlasse und mit dem Rad wieder zurück aufs Land fahre, meinen schönen Weg entlang der Bahnlinie, wo links und rechts die Felder und Koppeln beginnen.

Ich wohne draußen in Bad Zwischenahn und fahre die Strecke bis nach Oldenburg jeden Tag mit dem Rad. Rad fahren ist hier genauso beliebt, wie es früher bei mir zu Hause in Xi'an der Fall war. Bei Wind und Wetter radle ich die fünfzehn Kilometer bis zur Innenstadt und schließe das Rad vor dem Versicherungsgebäude an, gehe hoch in meine Abteilung, zum Risikomanagement. Mit der S-Bahn wäre ich zwar schneller in der Stadt, aber die frische Luft und Bewegung vor und nach der Arbeit ist für einen Versicherungsmathematiker aus China genau der richtige Ausgleich. Und außerdem gefällt mir die schnurgerade Strecke neben dem Bahndamm, auf der man allein sein kann oder auch nicht, ganz egal, ob dir dabei jemand entgegenkommt.

Am Bahnübergang Drögen-Hasen-Weg biege ich wie jeden Morgen vom Schotterweg ab in die Straße und merke sofort, dass sich etwas ändert. Es sind nicht allein die Bäume, die jetzt beidseits die Straße säumen. Auch die ersten Häuser sind kein Grund für die neue Atmosphäre. Es scheint vielmehr so zu sein, dass hier kurz vor der Gaststätte Zum Drögen Hasen schon in der Luft liegt, was folgen wird: das Andere.

Noch könnte man die letzten Meter Szenerie bis zum Ausflugslokal getrost dem Land zuordnen – immerhin sind die ersten Bauten renovierte Bauernhäuser. Ihre Fassaden und Dachstühle erinnern an eine weit zurückliegende Vergangenheit. Eine Zeit, in der dieser Flecken kurz vor dem Drögen Hasen noch echtes Agrarland war. Urban allerdings ist hier auch heute nichts. Nirgendwo scheint dichte Bebauung zwischen den Baumreihen durch. Kein Vergleich zu meiner Heimat vor den Toren von Xi'an, wo sich die Stadt inzwischen bis zum Flughafen hinaus erstreckt, in Form zahlloser Hochhäuser, die sich mitten durch die Felder entlang der Schnellstraße fressen, quer durch alte Bauernschaften wie Guancun oder Dingjia, die allmählich verschwinden.

Doch hier vor der Gaststätte zum Drögen Hasen wirkt die norddeutsche Geschichte noch lebendig. Grüßen wollen die Leute einen trotzdem nicht in der Frühe. Vielleicht aber nicken oder lächeln sie hier am Morgen deswegen nicht, weil ich nur Städtern begegne, die müde aufs Land fahren müssen. Wahrscheinlich bin ich – der Grüßende – schon hier das Vorzeichen für das, was ihnen auf dem Weg zur Arbeit droht: die Provinz, die Weite, die gegüllten Äcker, der Regen, den man hier auf die Erde schlagen und Dreck verteilen sieht und dessen Fäden man bis hinauf in die trüben Wolken verfolgen kann, manchmal so nah, als ließen sich die Schwaden greifen.

Nun könnte man einwenden, ich sei Chinese, ich selbst sähe so andersartig aus, dass die Menschen von vornherein nicht reagieren, wenn einer wie ich ein norddeutsches Moin dahinschmettert. Aber das wäre zu kurz gedacht. Meine Kollegin Inke Bruns berichtet das Gleiche oder Tjark Ehlers etwa, und die sehen in Fragen der Zugehörigkeit zur Region nicht nur tadellos aus, sie verfügen zudem über den legitimierenden Akzent. Ich rolle also auch heute an diesem Lokal mit Reetdach vorbei, beachte die Vorfahrt am Hörneweg und schalte den Gang hoch.

Über zwei Jahre hinweg, die ich schon für die Versicherung arbeite, erfährt man allmorgendlich immer mehr über seine entgegenkommenden Artgenossen auf dem Rad. Einige biegen draußen bei Wehnen Richtung Klinik ab, andere fahren ein Stückchen weiter bis nach Neuenkruge, wo Edeka ein großes Logistiklager betreibt. Manche dringen tiefer in den Landkreis vor bis zum Werk von Rügenwalder, wo sie inzwischen einen großen Teil der Wurstwaren auf vegetarische und vegane Produkte umstellen. Da draußen beginnen die Städter allmählich zu grüßen, entweder, weil sie sich mit diesen Kilometern sicheren Abstands dem Land wirklich zugehörig fühlen oder weil sie sich weit ab vom Schuss – wo nur alle paar hundert Meter eine einsame Joggerin oder ein verträumter Radfahrer auftaucht – nicht mehr ertappt fühlen, wenn sie einen Chinesen grüßen. Wie dem auch sei! Es scheint, als hätten die Städter morgens für sich im Nirgendwo weit hinter dem Drögen Hasen angekommen ihren alltäglichen Pakt mit dem flachen Land wieder erneuert: Die querenden, unzähligen Nacktschnecken auf dem Schotterweg mit Zielrichtung Graben sind ihnen plötzlich vertraut, ja, zugehörig, ebenso die schlafenden Rentner am Ufer des einsamen, traurigen Angelsees vor ihren Ruten. Die frischen Eier zum Verkauf in einsamen Schränken entlang der Straße oder die im Niemandsland auf Klapptischen feilgebotenen, im Mai dicht vom Pollenstaub überzogenen Karaffen mit selbst aufgesetztem Obstler, nicht zuletzt die von Lindenblüten zugedeckten Gläser voll heimischer Rhabarber-Marmelade und die vielen Pferde auf den Koppeln, deren Muskeln weder so feingliedrig im Sonnenschein glänzen wie jene der Turnierpferde auf den Weiden im südlicheren Oldenburger Münsterland. Muskeln, die erst recht nicht so mächtig wirken wie jene Kraftpakete bayrischer Brauereipferde – all diese Bilder des Ammerlandes sind einige Kilometer weit draußen vor der Stadt, fernab des Drögen Hasen plötzlich Teil der Städter, sodass sie mich grüßen, ganz egal, ob ich Chinese, Pakistani oder Ghanaer bin. Auch und gerade deswegen ist mir der weite Weg mit dem Rad vom Land in die Stadt inzwischen ans Herz gewachsen.

Vor ein paar Wochen hat unser Vorstand verkündet, dass die Versicherung nach beinahe hundert Jahren die Stadt verlassen und ihren Sitz aufs Land nach Bad Zwischenahn verlegen wird. „Mensch Tian!", klopften mir die Kollegen auf die Schulter, als die Nachricht in den Abteilungen die Runde machte. „Dann brauchst nicht mehr den weiten Weg am Bahndamm entlangzufahren. Wir müssen pendeln, aber du kannst gemütlich zu Fuß ins Büro gehen."

Zum Glück bin ich Chinese, dachte ich in dem Augenblick. Niemand erwartet ein überschwängliches Zeichen der Freude von mir.

Über dem Cäcilienpark

Der kühle Luftzug an den Füßen ist verschwunden. Vorhin spürte ich ihn noch ganz deutlich, als ich die Finger von der Tastatur nahm und zu überlegen begann, wie stark man in Deutschland seine Hoffnung auf ein Vorstellungsgespräch betonen darf. Ob ein Firmenchef den Schlusssatz gut findet, ich wolle eines Tages große Maschinen bauen, weil mein Vater Ingenieur ist, mein Großvater Werkzeugmacher war und eine – wenn auch wirklich kleine – Fabrik besaß. Und, ja, dass auch meine Mutter ihre Nähmaschinen zu Hause immer ganz allein repariert hat, bevor wir geflüchtet sind. Oder denkt ein deutscher Chef bei solchen Sätzen, dass ich nur heucheln würde? Hauptsache, ich bekäme nach der Schulzeit im Sommer irgendwo eine Ausbildung, um nicht auf der Straße zu stehen.

Inzwischen ist es Nacht. Die Straßenlampen erleuchten kleine Flächen draußen im Cäcilienpark. Insekten schwirren um die Laternen. Ein Vorbild soll ich für meine Geschwister sein. Als Ältester müsse ich den Weg zeichnen, meint Vater immer. Wenn ich es nicht schaffen würde, woran sollten die Jüngeren sich dann orientieren, in diesem fremden Land? Gleich morgen früh werden Inaaya, Fatima und Hakim mich fragen ... noch bevor sie aufgestanden sind, werden sie aus den Betten rufen: Jalil, hast du die E-Mail an die Werkstatt auch rechtzeitig abgeschickt? Jalil, was hast du ihnen geschrieben? Haben sie schon geantwortet? Und während ich vorhin über all das nachdachte, blies mir der Lüfter des Rechners unter dem Tisch die kühle Luft um die nackten Füße. Doch jetzt fühlt die Haut sich wärmer an, auch das surrende Geräusch ist fort. Zur Sicherheit speichere ich meine Bewerbung noch einmal. Es fehlt ja bloß dieser letzte Satz. Dreißig Minuten bleiben bis Mitternacht. Mir wird schon was einfallen. So muss es auch sein, denn ich weiß nicht, wie hart die Deutschen entscheiden, wenn eine Bewerbung zu spät eintrifft.

Als wir 2015 in Gevgelija auf dem Bahnsteig warteten, meinten sie alle, die Deutschen würden unter den Europäern am meisten Wert auf Pünktlichkeit, Genauigkeit und Verlässlichkeit legen. In Deutschland müsse man alle Gesetze peinlich genau beachten. Das zumindest erzählt auch Herr Freese immer, unser Vermieter. Gesetze dürften nicht gebrochen werden, bei Regeln sei das schon mal anders. Aber im Grunde wären auch Regeln ausnahmslos zu befolgen. Ich hoffe nur, dass sie in meiner Lehrzeit nicht genauso streng sein werden. Aber um die Lehrstelle zu bekommen, muss ich jetzt nachsehen, was mit dem Computer los ist. Ich knie mich also auf den Boden, halte die Nase an die Lüftungsschlitze: nichts. Der Lüfter scheint defekt zu sein. Wüsste ich schon meinen letzten Satz, dann könnte ich die E-Mail mit dem Foto und Lebenslauf schnell abschicken und den Rechner runterfahren. Doch ich kann mich nicht entscheiden, wie stark ich meine Hoffnung im letzten Satz formulieren darf.

Noch 29 Minuten. Angenommen, ich bräuchte die ganze Zeit für diesen letzten Satz, dann könnte sich der Rechner ohne Lüftung überhitzen, abstürzen und alles wäre verloren. Besser sehe ich deshalb mal genauer nach, vielleicht klemmt das Rad ja bloß durch den Staub, schließlich ist der Computer schon sehr alt, ein Pentium-IV-Rechner, noch mit Windows XP. Die Schrauben am Gehäuse seien locker, erklärte Herr Freese, als er uns den Computer zu Weihnachten schenkte. Man könne sie von

Hand aufdrehen, wenn man im Gehäuse nach dem Rechten sehen möchte. Ich löse sie, lege den Deckel auf den Boden und blicke ins Innere: Eine dicke Schicht Staub liegt auf den Platinen. Ich stoße einen Flügel des Lüfters an, doch er rührt sich kein bisschen. Dann ziehe ich sein Kabel ab, stecke es wieder rein, aber nichts passiert. Ich blicke auf meine Uhr: Mir bleiben 28 Minuten.

Natürlich könnte ich Mutters Fön aus dem Bad holen, der kalte Luft blasen kann. Wenn ich ihn zwischen zwei Stapel Bücher klemme und ihn auf die Kühlrippen richte, wirkt er genau wie ein Lüfter. Allerdings wäre der alte dann im Weg. Ich will ja nicht den kaputten Lüfter kühlen, sondern den Prozessor, der wohl hinter ihm auf den Kühlrippen sitzt. Ich stehe auf und gehe zu Vaters Regal, in dem eine Werkzeugkiste steht, nehme mir einen kleinen Schraubenzieher und knie mich wieder unter den Tisch, drehe die Schrauben und versuche den Lüfter mit seinem Rahmen vorsichtig von den Kühlrippen zu lösen. Im ersten Moment ist ein Widerstand zu spüren, doch dann gibt er nach und es knackst und der Computer ist schlagartig aus.

„Ahbaaaaaal!“

Ich will hoch, stoße mir den Kopf unter der Tischplatte, krabble zurück und halte eine Hand an jene Stelle, die sofort anschwillt. Im Schein der Schreibtischlampe betrachte ich den Lüfter: An seiner Rückseite klebt der Prozessor, von ihm ragen viele kupferne Kontakte in die Höhe, wohl dreißig, vierzig Stück. Doch in einer Reihe fehlt eines dieser dünnen Äderchen. Mein Herz schlägt immer schneller, ich schwitze unter den Achseln und die Poren auf meiner Stirn stechen fürchterlich.

Die Einschläge der Bomben zu Hause in Hama sind wieder da und meine Angst auf dem Weg zur Schule: wenn ich mich unter den Büschen im Botanischen Garten versteckte und von dort manchmal für eine ganze Stunde auf das Schulgebäude sah, den Unterricht verpasste, weil am Himmel wieder ein Kampfflugzeug auftauchte. Leise sagte ich dann die Namen aller Pflanzen auf, die ich kannte. Einige hatte ich selbst gesehen, andere hatten wir in der Schule durchgenommen, sehr viele sogar in modernen Büchern. Aber auch die Schriften von Ibn-Chaldūn, dem Namensgeber meiner Schule in Hama, hatten wir gelesen: wie er die Mineralien und die Pflanzen und Tiere und Menschen zueinander ordnet. Mit jeder Blume wurde mein Herzschlag ein Stück langsamer und die Poren auf der Stirn stachen nicht mehr so heftig. Der einzige Junge war ich nicht, der aus Angst zu spät in die Schule kam – die Lehrer waren deshalb nachsichtig. Und genauso zähle ich jetzt alle kupfernen Kontakte, die vom Prozessor aufragen, wiederhole dies und beruhige mich ganz allmählich, doch am Ende fehlt mir unverändert dieser eine winzige Draht.

Ich krieche erneut unter den Tisch, blicke auf die Kühlrippen, den Teppich, fahre mit der flachen Hand über das Material. Doch die Kupferlitze ist nirgends zu finden. Was soll ich nur tun? Die Zeit rennt mir davon und ich weiß keine Lösung. Ohne Prozessor kann ich den Rechner nicht starten – ohne Rechner gibt es keine Bewerbung. Vater und Mutter dürfte ich niemals wecken mit dieser Nachricht: Ich hätte den Computer zerstört, den Herr Freese uns zu Weihnachten schenkte, weil wir immer so pünktlich unsere Miete zahlen würden, verlässlicher als jeder Bewohner, den er hier zuvor im Haus an der Bismarckstraße gehabt hätte … Alle seien sie irgendwann säumig geworden, hätten ihn verklagt und die bisher gezahlte Miete sogar zurückverlangt, weil es hier oder da ein bisschen schimmele oder die Heizung im Winter manchmal streikt. Nur wir hätten anständig gezahlt und diesen Computer habe er übrig. Wir Kinder könnten damit für die Schule lernen und schreiben, meinte er, und natürlich eines Tages auch Bewerbungen verschicken. Aber Vater erwiderte damals, wir wollten nichts geschenkt haben. Stattdessen würden wir uns den Computer nur borgen, ihn eines Tages unversehrt zurückgeben. So stehe es schließlich in den Sechs Büchern. Herr Freese sah meinen Vater merkwürdig an, stellte uns den Rechner im Wohnzimmer auf den Boden und wünschte uns einen schönen Abend.

Ich lege den Lüfter auf den Schreibtisch, blicke zum Fenster hinaus. Hinter den Baumwipfeln ragen die Türme der Lambertikirche auf. Ihre vier kleinen, spitzen Dächer an jeder Ecke erinnern mich an unsere Moschee in Hama. Hier in Oldenburg gehen wir in die Maryam Moschee an der Alexanderstraße. Ich öffne das Fenster – mir ist immer noch heiß. Draußen wirkt es still, kein Auto fährt die Straße entlang, kein Radfahrer, auch drüben im Cäcilienpark regt sich nichts. Nur ein paar Vögel singen in der Nacht. In Hama war es schon im Frühling so warm und trocken wie hier im Sommer. Vater hat immer wieder erklärt, wir gingen zurück, wenn der Krieg vorbei wäre, doch inzwischen sind wir fast fünf Jahre hier. Mutter rechnet ihm manchmal die Zeit vor, wenn er sich nach der Heimat sehnt.

„Omar!“, sagt sie. „Hakim lebt jetzt schon länger in Deutschland als er in Syrien war. Und Jalil wird seinen Abschluss schaffen.“

Als ich letzte Woche am Mittagstisch erzählte, dass ich viel lieber Biologie studieren will, als Werkzeugmacher zu werden, wies er mich zurecht, ich solle eine Ausbildung machen, damit ich ein Handwerk beherrsche. Dadurch würde ich schneller

Geld verdienen – Steuern zahlen, wie es sich gehöre – und könnte meine Fähigkeiten sogar anwenden, wenn wir wieder nach Hause zögen. Vater sagt dann immer zu Mutter, es sei ein Fehler gewesen, dass sie mich damals in Hama auf die Ibn-Chaldūn-Schule geschickt hätten und nicht auf die Adnān-al-Mālikī, wo die Lehrer den Jungs keine Flausen in den Kopf setzen würden.

„Aber Omar!", erwidert Mutter dann immer. „Wir leben jetzt in Deutschland und Jalil ist schlau."

Doch das hilft mir jetzt nicht, ich darf sie nicht wecken. Wenn ich den Kupferkontakt nicht finde, ist alles vorbei. Mit Hilfe der Schreibtischlampe entdecke ich ihn wahrscheinlich viel eher, also nehme ich sie und führe das Kabel hinter der Tischkante entlang, bücke mich und leuchte den Boden ab. Ich lege mich auf den Teppich, blicke über die Fasern, langweilige, einfarbige Kunstfasern, ohne jedes Muster. All unsere schmuckvollen, handgewebten Teppiche mussten wir damals zu Hause lassen. Die schönsten hingen an den Wänden im großen Zimmer. Mein Onkel besaß eine eigene Webstube in der Altstadt, gleich hinter dem Markt Al-Taweel, nur zwei Straßen vom Orontes entfernt. Mit den Cousins bin ich vor dem Fastenbrechen oft zum Park gelaufen, obwohl Vater und sein Bruder das nicht wollten. Ich habe den Cousins die Vögel gezeigt, Vögel, die es auch in Deutschland gibt: Spatzen zwischen den Parkbänken und Buchfinken in den Hecken am Ufer des Orontes. Und wenn wir lange genug in den Himmel sahen, konnten wir die Mauersegler in der warmen Luft entdecken, von denen man sagt, dass sie während des Fluges schlafen können und Strecken über Tausende Kilometer zurücklegen, ohne je zur Ruhe zu kommen, so wie wir damals, als wir das Camp im Libanon verlassen haben, weil wir wussten, dass der Krieg zu Hause nicht enden würde und unser Haus und die Heimat wohl für sehr lange Zeit verloren seien. Erst vergangene Woche musste ich wieder an die Vögel im Park am Orontes denken – ich saß nach der Schule mit Enno im Cäcilienpark und wir faulenzten ein wenig in der Sonne auf einer Parkbank vor der Fläche, wo die Leute bei gutem Wetter Boule spielen. Als ich die Augen für eine Weile schloss, schmeckte die Luft plötzlich wie zu Hause, süß vom Duft der Blumen, warm und sanft und zwischendrin zwitscherten die Spatzen.

„Sieh mal da oben!", meinte Enno und rammte mir den Ellbogen in die Seite. „Nein, weiter rechts!"

Ich brauchte noch zwei, drei Sekunden: „Ein Mauersegler", sagte ich zu ihm.

„Bist du sicher?"

„Natürlich! Den erkennt man sofort am Schwanz und am Flugbild."

„Du solltest wirklich zur Uni gehen, Jalil."

„Ich weiß", meinte ich zu Enno, „ich weiß!"

***

Mir bleiben nur noch fünfzehn Minuten. An den letzten Satz will ich schon nicht mehr denken. Aber vielleicht habe ich eine Lösung: Herr Freese besitzt viel mehr Werkzeug als mein Vater. Vor ein paar Wochen nahm Herr Freese ihn mit in seinen Schuppen unten im Garten. Vater half ihm dort, eine Stehlampe zu reparieren. Und ich erinnere mich genau, wie Vater gegen Abend erzählte, dass er ein Kabel im Lampenschirm gelötet hat, das sich immer wieder vom Kontakt in der Fassung löste. Ich schnappe mir also den Lüfter mit dem beschädigten Prozessor, öffne vorsichtig die Tür zum Flur und schleiche zur Wohnungstür. Der Schlüssel ist umgedreht – ich muss Acht geben, weil der Zylinder manchmal hakt und knackst. Doch ich habe Glück, auch die Klinke sagt keinen Mucks und ich husche über die Schwelle, lehne die Tür nur an und taste mich in der Dunkelheit ganz langsam an der Wand zum Geländer, setze nur die Fußballen auf die Treppenstufen und gelange nach unten in den Souterrain, wo der Ausgang zum Garten liegt. Auch dort muss ich den Schlüssel sachte drehen, eile draußen über den Rasen und stehe vor dem Schuppen: Der Schlüssel ist unter dem Topf des kleinen Olivenbaums versteckt, das habe ich damals vom Fenster aus beobachtet. Ich weiß, dass ich fragen müsste, und ich schwöre bei Allāh, dass ich es Vater und Mutter morgen erzählen werde, auch Herrn Freese, weil ich ihr Vertrauen nicht missbrauchen darf. Nichts wäre schlimmer als das. Aber es ist eine Notlage und ich habe die feste Absicht, den Lötkolben nur zu borgen und nicht zu unterschlagen. Das erlaubt der Prophet ausdrücklich. Denn ich habe ja den geliehenen Computer zerstört und den muss ich Herrn Freese reparieren oder ersetzen. Auch das sagt der Prophet in den Sechs Büchern: Ich muss den Schaden wiedergutmachen. Doch Vater und Mutter haben kein Geld für einen neuen Rechner. Und morgen ist es zu spät, weil ich die Bewerbung abschicken soll. Also muss ich ihn sofort reparieren und fühle mich in diesem Moment doch so unendlich schlecht, wie ein elender Dieb.

Drinnen taste ich nach dem Lichtschalter, finde ihn, blicke mich um und entdecke eine Plane, die ich schnell über die Tür hänge, um ihre Fensterscheibe zu verdunkeln. Dann betrachte ich das Werkzeug an der Wand über der Werkbank: Ganz links oben hängt der Lötkolben, darunter das Zinn auf einer Rolle.

Das Wichtigste fehlt noch: Ich muss ein Kabel finden. Ich gehe zu den Regalen, blicke in die Kisten, krame hier und da und entdecke schließlich einen hölzernen Kasten unten auf dem Boden, ziehe ihn vor: Was für ein Glück! Ich fasse ein Knäuel nach dem anderen an, suche einen biegsamen Strang, der weiche Litze enthält, keine starre Ader. Ganz unten liegt eine kleine, weiße Rolle, die beweglich ist. Ich nehme sie mit zur Werkbank, kneife ein kurzes Stück ab und entferne die äußere Hülle, dann die blaue Ummantelung einer Ader und schon springen sie wie ein Fächer auf und biegen sich leicht im Licht der Deckenlampe: glänzende, feine Kupferlitze, gut zwanzig, dreißig Stück. Sorgsam lege ich sie in eine Schale, drücke den Stecker des Lötkolbens in die Dose und rolle etwas Lötzinn ab. Es wird bestimmt eine Minute dauern, bis die Lötspitze heiß ist. Mir bleiben noch elf Minuten. Mit der Kneifzange kürze ich die Litze, halte sie mit einer Flachzange im Licht neben die Drähte des Prozessors, vergleiche ihre Länge, lege sie wieder ab, bis ich vier identische Stücke gefunden habe – einen für den ersten Versuch, drei in Reserve.

Der Lötkolben verströmt mittlerweile seinen typischen Geruch – er hat die richtige Temperatur erreicht. Ich spanne den Lüfter mit dem Prozessor vorsichtig in den Schraubstock und nehme mir zehn Zentimeter Zinn von der Rolle, trenne es ab. Mit der Flachzange greife ich ein Kupferstück, benetze sein Ende mit Zinn. Auch die weiteren drei Stücke präpariere ich so und lege sie zurück. Als nächstes muss ich einen Tropfen Zinn an die leere Stelle auf der Platine bringen. Ich ummantele die Lötspitze reichlich, bis ein kleiner Tropfen entsteht, und halte sie senkrecht über den Prozessor, senke den Kolben Zentimeter für Zentimeter, bis ich die wunde Stelle erreiche und eine winzige Menge Zinn dort unten zwischen all den unversehrten Kontakten auf dem Grund haften bleibt. Rasch lege ich den Zinnstreifen zurück auf die Werkbank, schnappe mir wieder die Zange, fasse eines der Stückchen Kupfer an jener Seite, die nicht mit Zinn überzogen ist. Wie ein Vogel mit einem kleinen Halm im Schnabel schwebt die Zange über der Platine mit ihren zahlreichen Drähten. Wie ein Mauersegler – der einen letzten Halm zu seinem Nest tragen will – kreist meine Zange über dem Ziel. Schnell führe ich die heiße Lötspitze an das zinnerne Ende des Stückchens, balanciere es hinab zur leeren Stelle. Vorsichtig halte ich die Lötspitze noch einmal gegen den neuen Kontakt und warte, dass sich die Hitze durch das Kupfer bis auf den Boden zum kalten Zinn überträgt. Und dann fängt das Zinn auf dem Grund der Platine an zu glänzen. Sofort drücke ich zu und puste den Rauch beiseite, kühle die Lötstelle mit meinem Atem. Jetzt muss es schnell gehen. Ich lege Kolben und Zange auf die Werkbank, ziehe den Stecker ab, streife die Plane von der Tür, ordne alle Gegenstände an ihre Plätze zurück und greife die Platine, entspanne den Schraubstock, lösche das Licht, schließe von außen ab und verstecke den Schlüssel. Dann eile ich über den Rasen zum Haus. Drinnen schleiche ich so schnell wie möglich die Stufen hoch bis in den ersten Stock, husche wieder in die Wohnung und erreiche mein Zimmer: Alles ist dunkel und still. Niemand scheint etwas bemerkt zu haben. Ich lege mich auf den Boden neben den Rechner, führe den Lüfter behutsam in seine Fassung, drücke ihn ganz sachte auf die Kühlrippen, damit keiner der Kupferkontakte auf der anderen Seite knickt. Ich stecke das Kabel des Lüfters ein und erhebe mich, atme tief durch und blicke zum Fenster hinaus: Über dem Cäcilienpark schwebt die Nacht. Die Vögel sind still. Alles schläft, außer mir.

Es ist schon nach zwölf. Sollte mir die Reparatur gelungen sein, sollte sich der Computer regen, wenn ich seinen Schalter drücke, dann werde ich meine Bewerbung noch abschicken. Ich werde ihnen schreiben, dass ich Werkzeugmacher werden möchte – nicht mit langen Worten, nicht voller Freude. Doch zuerst suche ich das Bild eines Mauerseglers im Internet und lade es mir auf den Startbildschirm.

Der Laden muss laufen

Du musst um Punkt 7.30 Uhr in der Praxis anrufen!", sage ich und lege das Smartphone auf den Beifahrersitz, weil der dunkle Wald am Ende der Straße naht. „Glaub mir … es bringt überhaupt nichts, wenn du mit Kim dort ohne Termin ankommst."

„Aber sie hat sich schon zweimal übergeben."

„Es ist ein normaler Virus. Dr. Ballin wird dir auch nichts anderes erzählen als ich … Sie muss im Bett bleiben und viel trinken."

„Und wenn es was Schlimmes ist?", höre ich seine Stimme, die sich nicht beruhigen will, die mich zum zweiten Mal auf dem Weg zur Arbeit erreicht, und das, obwohl wir vorhin alles besprochen hatten.

„Es wird schon nichts sein, Christoph! Rotaviren oder Noroviren … wie jedes Jahr. Ein paar Tage, und es geht ihr wieder besser. Vielleicht steckt sie uns an, dann sind wir wenigstens mal alle gemeinsam zu Hause."

„Es soll aber Fälle geben, in denen Corona auf den Magen schlägt und Durchfall verursacht."

„Es ist kein Corona, Christoph! Mein Gott, es fängt an zu regnen und du hast die Wischblätter immer noch nicht getauscht. Überall sind Schlieren und ich muss durch den Wald."

„Sie muss wieder kotzen", ruft er und seine Stimme verstummt. Scheinbar eilt er Richtung Badezimmer. Ich schalte den Scheibenwischer auf die höchste Stufe, drossle das Tempo – der

Regen prasselt lautstark auf die Karosserie. Und dann huscht ein großer Schatten vor mir über die Fahrbahn, verschwindet links im Unterholz. Es kracht, ich reiße das Steuer zurück in die Spur, trete die Bremse, spüre den Airbag im Gesicht und der Wagen steht plötzlich still, der Motor ist aus, mein Herz rast und der Nacken schmerzt und der Regen fällt hart auf den Wagen herab, als sei nichts geschehen.

Die Scheibenwischer rotieren hektisch, doch ihre Blätter schieben kein reines Wasser über die Scheibe. Rechts vom Rand ziehen sie Blut bis zur Mitte der Windschutzscheibe, verteilen es ein ums andere Mal, verdünnen, verwässern das Blut Schlag für Schlag, als könnten sie die Zeit damit ein Stück zurückdrehen.

Christoph ist wieder in der Leitung, aber mein Smartphone liegt irgendwo im Fußraum. „Ihr wird schon nichts passieren", rufe ich. „Ihr wird schon nichts passieren". Meine Hand gleitet zum Schalter der Warnblinkanlage, ich drücke die Taste und steige aus, spüre den kalten Regen im Gesicht, gehe zum Heck und öffne die Klappe, krame eine Blinkleuchte aus dem Kofferraum und das Warndreieck, ziehe den Schuber auseinander, stelle es auf, hebe es wieder hoch ... Nicht hier direkt am Wagen, ich muss es fünfzig Meter weiter platzieren oder waren es hundert? Die Führerscheinprüfung liegt lange zurück. Besser gehe ich sogar 150 Schritte – meine Beine sind kurz, ich gehörte immer zu den Kleinsten. Mit 150 Schritten komme ich bestimmt auf die hundert Meter. Außerhalb von Ortschaften muss man das Warndreieck ohnehin in großer Entfernung aufstellen, da bin ich mir sicher, vor allem auf Landstraßen, wo schneller gefahren wird. Obwohl ... Hier im Wald sind sie vorsichtig wegen der Wildwechsel, zumindest ich fahre langsam auf dieser Strecke, nur sechzig, wo doch achtzig erlaubt sind. Das Wasser läuft mir über die Stirn, meine Ohren sausen, mein Herz pocht mächtig und dort hinten im Regen auf dem nassen, grau-braunen Asphalt fiept irgendetwas. Vielleicht dringt das Geräusch auch vom Unterholz oder noch tiefer aus dem Wald zu mir heran auf die Straße. Wie eine alte, dunkle Tür am Ende der Diele in Bauernhäusern quietscht es, deren Scharniere seit Jahrzehnten nicht mehr geölt worden sind. Irgendwo mitten im Regen hat dieser stechende Laut seinen Ursprung. Spitz und schmerzvoll setzt er ein, als habe wer die Tür mit einem kräftigen Ruck aufgestoßen, um sie langsam, in quälender Manier bis an die Wand des Flures zu drücken. Schritt für Schritt gehe ich mit dem Warndreieck in der linken Hand und dem Blinklicht in der rechten weiter: Die Leuchte blitzt schon auf, obwohl ich mich nicht erinnern kann, den Schalter vorhin gedrückt zu haben.

Erneut dringt der klagende Ruf durch den Wald und noch einmal, jetzt alle drei Sekunden oder vier. Jedes Mal zucke ich zusammen – Kälte kriecht meinen Nacken hinab, Schweiß fließt mit dem Regen in meine Augen und lässt sie brennen. Ich ziehe den Schritt in die Länge, die Warnausrüstung baumelt in großen Schwüngen von meinen Händen und ich kann etwas sehen, einen schmutzig braunen Haufen auf dem Asphalt, einen Körper. Ein Kopf liegt flach auf der Fahrbahn und der quälende Ruf schallt in den Wald, ein junges Reh muss es sein, zu groß ist der Rumpf für einen Hasen, zu braun das Fell für ein Wildschwein. Sein Gesicht ist mir zugewandt, seine Augen hat es weit aufgerissen. Und je näher ich komme, umso deutlicher sind seine Vorderläufe zu erkennen, verdreht und starr, beinahe aus den Schultern gerissen und das Blut strömt ihm aus einer riesigen Wunde. Die Hinterläufe streckt das arme Tier immer wieder von sich, doch es tritt nur ins Leere. Nirgendwo auf dem Asphalt finden seine Hufe Halt, um sich abzustoßen. Plötzlich liegt es still vor mir da, in seiner ganzen Unschuld, seinem unendlichen Leid, das ich, Marianne aus Huntlosen, Mutter einer sechsjährigen Tochter, Verkäuferin in einer kleinen Bäckerei, auf dem überhasteten Weg zur Arbeit nach Oldenburg verursacht habe. Es scheint, als wolle mich das junge Reh fragen, warum ich ihm das angetan hätte, warum ich es vorzog zu telefonieren, anstatt auf die Straße zu blicken, ja, warum denn mein Drang – im Streit mit meinem Mann die Oberhand behalten und keinesfalls nachgeben zu wollen – jemals hätte wichtiger sein können als sein ureigener Trieb, vom Wagen aufgeschreckt durch den Regen zu flüchten. Für Sekunden hält es ohne Regung inne, vor mir im Kampf gegen den nahenden Tod. Für Sekunden stehe ich da und blicke auf seine klaffende Wunde, weiß mich nicht mehr zu bewegen, als wäre ich die Mutter des Rehs oder seine Schwester und fragte mich unentwegt, warum ich – der erste große Schatten vor dem Auto – überleben darf? Warum zuerst ich aus dem Gebüsch auf die Straße gesprungen bin und nicht sie?

***

„Sie müssen bitte entschuldigen, Frau Pape!“, sage ich. „Heute haben wir leider keine Quark-Wecken im Sortiment, auch keine Croissants. Unser Chef hat wegen der Corona-Krise entschieden, dass wir nicht mehr alle Backwaren anbieten.“

„Dann nehme ich zwei Rosinen-Brötchen, drei Roggen und zwei Einfache.“ Frau Pape blickt mich seltsam an: „Rede ich spanisch?“, fragt sie.

„Nein, nein! Entschuldigen sie bitte! Ich war in Gedanken, ich hatte vorhin einen Unfall auf dem Weg zur Arbeit.“

„Ich auch, wenn es sie tröstet", entgegnet sie und spielt dabei mit dem Autoschlüssel.

„Verstehe!", sage ich und nehme eine Tüte, die Zange und greife in die Auslagen. Zuerst die Rosinen-Brötchen, dann die Roggen.

„Zwei Rosinen und drei Roggen", sagt sie spitz. „Nicht umgekehrt. Und die Sorten bitte in getrennte Tüten, wie jeden Morgen. Sie wissen doch, dass meine Tochter keine Rosinen verträgt. Da reichen Spuren aus und schon sitzen wir wieder in der Notaufnahme."

„Mama, so schlimm ist es gar nicht!", meint die Kleine, blickt mich verlegen an und ich lächle ihr zu.

„Sonst sind sie doch immer so aufmerksam", setzt ihre Mutter nach. „Ihnen scheint ja nicht bloß ein Kaninchen vor die Haube gelaufen zu sein."

„Mama, ich mag das nicht."

„Jetzt sei still!"

Ich linse unter dem Tresen her zu der Kleinen, schmunzle und sie strahlt, während ich das dritte Rosinen-Brötchen zurück in die Auslage lege, die übrigen zwei in eine neue Tüte schiebe und dabei an die Lichter des Lasters im Regen denke, an den Fahrer, der aus dem Führerhaus sprang und zu mir eilte, nach meinem Befinden fragte und dann die Polizei rief. Er würde jetzt die Strecke sichern, erklärte er und nahm mir das Warndreieck aus der Hand und die Blinkleuchte, rannte los und ich schaute ihm nach, sah das Wasser unter seinen raumgreifenden Schritten zu allen Seiten spritzen. Am Anfang des Waldes blieb er stehen, stellte das Warndreieck auf und mir schauderte, weil das Reh erneut vor Angst und Schmerzen fiepte, dann mit den Hinterläufen zu schlagen begann und quälend über den Asphalt Richtung

Graben robbte, ohne dass seine zerfetzten Vorderläufe dabei irgendwie helfen konnten.

„Nein, das wissen Sie doch. Ich will den Bon überhaupt nicht haben. Was soll ich denn damit? Herrje, und das Wechselgeld haben Sie mir auch falsch rausgegeben."

Ich blicke Frau Pape an, während sie ihre Maske vom Gesicht streift und zu schnauben beginnt:

„Was schauen sie mich denn so an?"

„Die Maske!", antworte ich.

„Wie bitte?"

„Sie müssen die Maske bitte wieder aufsetzen."

„Meine Güte, jetzt stellen Sie sich bloß nicht so kleinlich an. Vor allem, wenn Sie einen Fehler nach dem anderen machen."

„Eine Bild-Zeitung!"

Der alte Ekkenga drängt sich dazwischen, legt eine Euro-Münze auf den Tresen, wedelt mit der Zeitung, die er sich vorne vom Stapel an der Fensterscheibe genommen hatte. Eingereiht hat er sich scheinbar nicht in die Warteschlange, die mittlerweile bis zum Krankenhaus nebenan reicht.

„Entschuldigen Sie bitte!", sagt eine junge, dunkelhäutige Frau hinter der Mutter.

„Wer hat Sie denn gefragt?", dreht sich Frau Pape zu ihr um.

„Genau!", pflichtet Ekkenga ihr bei. „Da müssen sie schon ein bisschen häufiger kommen, aber sie sind ja wohl noch nicht lange bei uns."

„Was soll das denn bitte heißen?", sagt die elegante, schwarz-haarige Frau, deren Hautfarbe mir so erscheint, als habe sie Wurzeln in Indien oder Pakistan. Meine damalige Nachbarin – als ich noch in der Bodenburgallee wohnte –, sie stammte aus Bombay.

„Das soll überhaupt nichts heißen", mosert Ekkenga und blickt mir in die Augen: „Kann ich jetzt bitte meine Bild mitnehmen, wie jeden Morgen."

„Sie könnten ruhig ein wenig warten", entgegne ich. „Die junge Frau hat eigentlich Recht."

„Jetzt reicht's mir aber endlich", wird Frau Pape lauter. „Ich bin nicht hier, um mir eine Hochzeitstorte zu bestellen, sondern ganz ordinäre Brötchen."

„Das ist noch lange kein Grund für diesen fremdenfeindlichen Unterton", ruft irgendwer von draußen zu uns herein.

Ich atme tief durch: Ruhig bleiben, Marianne! Einfach deinen Job machen. Der Laden muss laufen. Ich werfe also den Bon in den Papierkorb, zähle das Wechselgeld noch einmal durch und tausche den Cent gegen eine Zwei-Cent-Münze aus, versuche Frau Pape dabei freundlich anzulächeln.

„Na, dann haben wir's ja endlich", stichelt sie. „Hoffentlich wird das morgen früh nicht wieder so ein Staatsakt."

„Mami, ich will das nicht", zupft die Kleine am Ärmel ihrer Mutter, aber die schüttelt sie ab, macht auf der Stelle Kehrt und will bereits gehen, bleibt dann stehen:

„Machen Sie bitte mal Platz!"

Die Inderin schüttelt den Kopf. „Wie bitte?"

„Sie sind im Weg."

„Genau!", sagt der alte Ekkenga, der Frau Pape folgen will. „Sie stehen im Weg. So viele Leute dürfen hier außerdem gar nicht rein in den kleinen Laden. Und die Abstandslinien haben sie wohl auch übersehen, oder?"

„Aber Sie haben sich doch vorgedrängelt, an mir und den anderen vorbei. Der Laden war schon voll. Eigentlich hätten sie draußen warten müssen."

Während die Kunden vor mir weiter streiten, brummt mein Smartphone. Es ist Christoph, zum wiederholten Mal. Was kann ich ihm im Augenblick schon sagen? Eigentlich will er nur seine Unsicherheit bei mir abladen. Als sein Betrieb auf Kurzarbeit umstellte und er zu Hause saß, fing es an und erst recht, als sie ihn dann entließen: Entweder ist seine Laune schlecht oder er fragt mich ständig, was er im Haushalt oder für Kim tun kann, anstatt es einfach zu machen. Ich frage mich, wie er wohl an meiner Stelle reagiert hätte, als das junge Reh vor den Wagen sprang? Christoph ist ein guter Fahrer, ja, im Grunde auch kein schlechter Vater. Weiß Gott, vermutlich hätte er die Sache in die Hand genommen auf der Landstraße und direkt die Polizei verständigt, sofort die Unfallstelle gesichert. Für Christoph hätte kein Lkw-Fahrer die Geschicke in die Hand nehmen müssen. Vielleicht aber täusche ich mich – in großer Gefahr oder Not habe ich ihn nie erlebt. Keine Ahnung, ob er dann starr im Regen gestanden hätte wie ich, den Lkw-Fahrer reden hört und das Reh immer wieder mit den Hinterläufen schlagen sieht, bis es mit letzter Kraft unter schlimmen Lauten den Randstreifen erreicht, halb in den Graben gleitet, sodass bloß die Hufe und Schenkel zu sehen bleiben. Wer weiß schon, ob jemand Christoph die Hände vor die Augen gehalten hätte, wie es der Fahrer zunächst bei mir versuchte, als die Polizisten kurz die Lage aufgenommen hatten und einer der beiden nach dem Reh im Graben sah, dem Kollegen etwas zurief und darauf die Waffe aus seinem Holster nahm, zielte und abdrückte. Bis in den Laden hallt der Schuss nach, übertönt das Gezänk der Kunden, von denen einige mittlerweile die Schlange verlassen. Nur die fremdländisch anmutende Frau bleibt stehen, tritt näher an den Tresen und zupft an ihrer Atemschutzmaske. Natürlich kann sie diesen Schuss nicht hören, den ich immerzu höre, und auch das klagende Fiepen des sterbenden Rehs keineswegs. Aber eventuell, ja, hoffentlich, bringt sie bessere Laune mit als der alte, notorisch rücksichtslose Ekkenga oder die nörgelnde Kundin Pape, die an jedem Morgen etwas an mir auszusetzen hat.

„Sie hätten ja mal was sagen können", raunt mir die Inderin zu und scheint eine Antwort zu erwarten, doch ich bringe kein einziges Wort heraus. Die Geräusche der Unfallstelle schwirren durch meinen Kopf, vermischen sich mit den vergangenen Tiraden der Kunden.

„Was ist denn mit ihnen?", will sie wissen. „Erst tun Sie überhaupt nichts gegen diesen rassistischen Unterton und dann machen Sie keine Anstalten, mich zu bedienen? Ist das hier üblich?"

Ihre dunklen Augen gleichen jenen des Rehs. Doch ihre Botschaft ist nicht dieselbe. Und genau das würde ich der jungen Frau gerne sagen: Laut und deutlich möchte ich ihr zurufen, dass sie kein Recht besäße, vorschnell über mich, über mein Wesen und meine Einstellung zu urteilen.

„Ja, genau!", ruft der Mann aus dem Hintergrund, der sich schon vorhin einmischte. „Sie hätten ruhig ein bisschen ZivilCourage zeigen können. Da muss man sich ernsthaft fragen, ob man hier weiter einkaufen will."

Während mein Handy erneut zu läuten beginnt und mir beinahe die Tränen in die Augen schießen, räuspere ich mich:

„Was darf's denn sein, bitteschön? Mohn und Sesam wären heute im Angebot."

Haight Ashbury bei Beppo

Collin sitzt für gewöhnlich im Rollstuhl, im Moment allerdings auf dem Barhocker neben mir. Zwei Dinge habe ich mich immer gefragt: Wo lässt Collin das viele Bier? Und was geschieht eigentlich, wenn sie ihn auf dem Weg nach Hause anhalten? Denn sein Rollstuhl ist motorisiert.

Collin wählt links, wie fast jeder hier *Bei Beppo*. Hin und wieder aber verirrt sich ein Konservativer wie ich in die Kneipe an der Auguststraße und sie lassen ihn leben. Auch zur fortgeschrittenen Stunde, auch Collin zückt in nächtlicher Debatte am Tresen nicht urplötzlich den Dolch und wirft mich mit den Nazis in einen Topf. Wobei ich vorhin wieder feststellen durfte, wie gleich wir uns manchmal doch sind, die Linken und wir Konservative, wenn es ums Eingemachte – die eigenen Belange – geht. Ich schiebe Collin also den Bierdeckel mit seiner Skizze zurück.

„Das kann nicht dein Ernst sein!", murrt er, während Peter und Arno hinter ihm schmunzeln. „Das ist doch Blödsinn", meckert er weiter. „Ihr Deutschen seid so …"

„Complicated", unterbricht ihn Arno und ahmt Collins Akzent wieder einmal nach: „Ihr habt halt *nikt* meine San-Francisco-Mentality."

Selbst Heike lacht nun, auf der anderen Seite des Tresens, sehr zum Ungemach von Collin.

„Das ist doch wirklich kein Problem, Folks", setzt er noch einmal an. „Ihr stellt einen Antrag und beschließt im Stadtrat eine neue Satzung. Punkt! Und dann kann jeder Rollstuhlfahrer und jede Mutter mit Kinderwagen …"

„Und auch jeder Vater mit Kinderwagen", fährt ihm nun Peter in die Parade.

„Ach, lasst mich doch!", wehrt Collin ab und greift sein rundes Glas *Jever*, leert es und reicht es Heike über die Theke.

„Noch eine Kugel, Collin?", fragt sie.

„Ja, und einen Schnellen Siggi."

Er schnauft und fächert sich dann Luft mit jenem Bierdeckel zu, auf den er das Problem der parkenden Anwohner in seiner Straße gezeichnet hat. Doch helfen können ihm meine Freunde von der CDU im Stadtrat nicht. Auch die Genossen unserer Thekennachbarn werden Collin kaum helfen können, weder die von der SPD noch jene der Grünen oder Linken. Anwohner, daran ist nicht zu rütteln, dürfen sich ihre eigene Zufahrt zuparken, solange ihr Auto dabei nicht im Halteverbot steht oder den Fuß- oder Radweg blockiert. Und in Collins Straße machen das gegen Abend scheinbar sehr viele Leute zwischen den Grünstreifen, wodurch Rollstuhlfahrer oder Mütter mit Kinderwagen zahlreiche Meter zurücklegen müssen, ehe sie auf die andere Straßenseite wechseln können.

So leidenschaftlich Collin unsere Kontakte zur politischen Klasse der Stadt nun schon zum dritten Mal an diesem Abend bemüht – die Mehrheit hier bei Beppo an der Theke grient unverändert und begegnet seinen Verweisen auf die Open-Minded San-Francisco-Mentality mit einem lächelnden *He hett 'n stieven Nack*.

Während Collin seinen Schnellen Siggi runterstürzt und mit Pils aus dem kugelförmigen Glas nachspült, kommt Arno zu mir rüber, tickt mich an und blinzelt: „Dem tut die Frührente nicht gut. Er sollte die Zeit lieber nutzen und für ein paar Wochen nach drüben fliegen.“

„Ist denn nichts aus seinem Blog-Projekt geworden?“

„Nee, Piet ist Vater geworden und Melli hat kräftig zu tun, sie wandelt die Agentur zur GmbH um, wegen der Haftungsrisiken.“

„Ich hab’s gehört, acht Mitarbeiter hat sie mittlerweile“, sage ich und stoße mit Arno an. „Und bei dir? Kaufen die Leute wieder Autos?“

„So leidlich!“

„Bringt die Senkung der Mehrwertsteuer denn nichts?“

„Doch, schon! Es gibt einige, die sich deswegen für einen Neuwagen entscheiden.“

„Verbrenner oder E-Autos?“

„Die staatlichen Zuschüsse für E-Autos werden genutzt. Aber die Modelle von VW sind einfach nicht ausgereift …“

„Das sind die von Tesla auch nicht“, mischt sich Collin ein. „Und die Leute finden die Dinger trotzdem spitze. Und woran liegt das wohl?“

Arno blickt mich an und schmunzelt, dreht sich zu Collin um: „Daran, dass ein südafrikanischer Kanadier wie Elon Musk die San-Francisco-Mentality hat und die Leute in Wolfsburg eben nicht.“

„You got it, folks!“, lacht er und hievt sich von seinem Barhocker in den Rollstuhl hinab: „Ich geh‘ eine rauchen.“

„Warte Collin!“, ruft Arno und eilt ihm bis zum Ende der Theke hinterher. Dann verschwinden sie Richtung Nachbargang, wo das Raucherzimmer liegt.

Collin ist für mich der Inbegriff des geselligen Individualisten, ein Eigenbrötler mit sprühenden Ideen, der ohne Freunde und Gespräche dann aber doch nicht auskommt. Eigentlich war er Programmierer für SAP, hat aber der Liebe wegen immer vom Nordwesten aus gearbeitet, die meiste Zeit in Oldenburg. So lernten wir uns kennen, vor vielen Jahren hier in der Kneipe, draußen im Sommer am Tisch unter der Linde. Richtig auf einer Wellenlänge sind wir nie gewesen, obwohl wir uns von Anfang an mochten.

Wenn mir sein Gerede vom besonderen Geist der Menschen in der Bucht von San Francisco – im ehemaligen Hippie-Viertel Haight-Ashbury, aus dem er stammt – etwas sagt, dann, dass die Menschen dort für ihre guten Taten geliebt werden wollen. Gelobt nicht nur im allerkleinsten Kreis, sondern durchaus mit ein paar sichtbaren Lorbeeren bekränzt. Fremd ist uns das in Oldenburg nicht. Wer hat schon ernsthaft etwas dagegen, mit ein paar Zeilen der öffentlichen Anerkennung in der Zeitung zu landen, selbst wenn hier im Beppo so mancher die Berichterstattung der einzigen Zeitung am Ort eher skeptisch betrachtet, vor allem Collin. Von uns allen brachte er die größte Leidenschaft auf, als hier vor zwanzig Jahren in besäuselter Stimmung der Plan geschmiedet wurde, ein eigenes, linksgerichtetes Blatt auf den Markt zu bringen, das es mit dem konservativen Monopol aufnimmt. Collin erklärte die Sache zum geheimen Kommando-Unternehmen, weil er damit rechnete, dass der Verlag einschreiten würde, wenn wir es wagen sollten, ihm die Anzeigenkunden abzujagen. Also musste ein anderes Finanzierungsmodell her: Sachleistungen von jenen, die kein Geld für Werbung in der Zeitung ausgaben: eine Druckerei, die den Druck mitlaufen ließe, ein Kurierdienst, der die Lieferung an zentrale Sammelstellen in den frühen Morgenstunden für die ersten Monate kostenlos übernähme. Studierende, deren Dogmatik hinreichte, um sie als Laufburschen gegen die Monopol-Zeitung zu gewinnen. Blühende Enthusiasten, die nach jeder Party im Morgengrauen von Postkasten zu Postkasten sprinteten, um der Bevölkerung eine zweite, eine gegenteilige Meinung in die Haushalte zu liefern. Oldenburg sei stockkonservativ, leiste sich aber gern eine linke Meinung, behauptete Collin damals. Genau das sei unsere Chance für ein *Neues Oldenburg*, wie wir unsere Zeitung in jener Sommernacht draußen vorm Beppo tauften. Nach willigen Redakteuren brauchten wir nicht lange zu suchen. Nur mit der Leitung des vor Meinungsfreudigkeit strotzenden Haufens ungelernter bis unfähiger Amateur-Journalisten taten wir uns anfangs schwer. Irgendwer musste die Bande schließlich im Zaum halten, damit die bürgerlichen Leute nicht schon am Morgen der zweiten Auslieferung mit dem Besen oder Gehstock an der Haustür auf die Zeitungsboten warteten. An dem Punkt kamen Peter und Arno ins Spiel. Peter hatte die journalistische Ausbildung und war durch eine Erbschaft finanziell unabhängig, konnte sich beruflich daher für einige Zeit freimachen. Arno kannte sich mit Finanzen aus und konnte ein Projekt strukturieren. Und mir fiel die Aufgabe zu, für den Plan milde bis werbende Worte in die bürgerlichen Kreise zu tragen, gehörte meine Familie doch seit Generationen zur Oldenburger Oberschicht. Aber die Seele und Energie hinter dem Ganzen blieb immer Collin. Anderthalb Jahre hielten wir durch, lieferten uns Duell für Duell mit der journalistischen Übermacht ein paar Straßen weiter, nahmen sie aufs Korn, hinterfragten ihre Praktiken, kritisierten so ziemlich alles in dieser Stadt und scheiterten am Ende genau an dieser Mentalität: Die Dinge an der einen oder anderen Stelle nicht akzeptieren zu können, so, wie sie sich seit Jahrzehnten eingeschliffen hatten. Am Ende waren wir pleite, verließen für einige

Zeit die Gegend, um uns beruflich anderswo wieder aufzurichten. Nur Collin blieb hier, programmierte weiter für SAP und wohnte in seinem bürgerlichen Haus aus der Gründerzeit, bis er finanziell ausgesorgt hatte. Seither strotzt er wieder vor Ideen, möchte die Welt verbessern, vor allem, als dann die Corona-Krise im Frühjahr kam. Während die meisten sich irgendwie zu Hause arrangierten, in private Nischen zurückzogen, selbst jene Energiebündel, mit denen er zuvor bei Fridays for Future demonstrierte, blühte Collin öffentlich weiter auf. Doch selbst seine ganztägige Ein-Mann-Demo mit Plakat im Rollstuhl gegen all jene Bürger seiner Straße, die bedingt durch die Kontaktsperre nun rund um die Uhr ihre Zufahrten versperrten – und ihm damit den Weg zur anderen Straßenseite –, sie blieb von der Redaktion unbeachtet. Keines seiner Projekte hatte es je in die Zeitung geschafft, seit wir es vor zwanzig Jahren gewagt hatten, dem Blatt an der Peterstraße Konkurrenz zu machen.

„Zehn Minuten vorbei und keinen Schritt weiter", ruft er mir zu, während er um die Ecke des Tresens biegt und sich mit dem Rollstuhl zwischen einigen Gästen und Hockern durchzwängt. „Das nenne ich konservatives Beharrungsvermögen."

„Wo hast du Arno gelassen?"

„Und wo hast du Peter gelassen?", entgegnet er und mir fällt erst in diesem Augenblick auf, dass Peter seinen Platz verlassen haben muss, während ich hier nachdachte.

Collin stützt sich hoch und ich ziehe ihm den Hocker vor.

„Lass mal gut sein, das kann ich schon alleine!"

„Noch eine Kugel, Collin?", fragt Heike ihn und er nickt.

„Immer noch beim ersten Glas?", will er von mir wissen.

„Nee, inzwischen das zweite."

„Was machen eigentlich deine Kinder?"

„Denen geht's gut. Hilke ist in Jena, studiert dort Jura. Und Friedrich hat in Saarbrücken einen Platz für Medizin bekommen."

„Prächtig!", brummt er und nimmt sein neues Glas Bier von Heike an, trinkt einen Schluck und wischt sich den Schaum vom Bart, stellt es auf den Tresen.

„Sag' mal!", beginnt er zögerlich.

„Ja?"

„Manchmal komme ich doch ins Zweifeln, ob eure deutsche Mentalität vielleicht nicht so verkehrt ist?"

„Es gibt keine typisch deutsche Mentalität, genauso wenig, wie es typische Charaktermerkmale für Südafrikaner gibt."

„Das verrate ich jetzt aber nicht der Zeitung und deinen Freunden bei der CDU, oder?", lächelt er.

„Na, ja!", schmunzle ich: „Vermutlich würde das Blatt dann am Ende doch mal was von dir drucken."

„Als Aufmacher, überm Knick", grient er, „kurz vor meinem Ende", und bestellt sich einen weiteren Schnellen Siggi.

„Meinst du nicht, dass du allmählich genug hast?"

„Nein, das passt schon! Aber irgendwie kommt ihr besser durch die Krise als die anderen."

„Wieso ihr? Du gehörst doch dazu."

„Ich bin Amerikaner."

„Collin, du wohnst seit dreißig Jahren hier. Du lebst mit einer Deutschen zusammen, hast deutsche Kinder mit ihr."

„Manchmal gewinne ich den Eindruck, dass ich nie wirklich angekommen bin", sagt er nachdenklich. „Aber zurück kann ich auch nicht. Da gibt's irgendwie nichts mehr für mich, an der Haight Street. Der Wind von damals ist weg."

„Aber das hat doch nichts mit San Francisco zu tun!"

„Mag sein", erklärt er und nimmt sich den nächsten Schnellen Siggi von Heike, kippt ihn sofort hinunter und blickt mich an: „Weißt du, mein Freund ... Es ist ja schön und gut, zu sich selber zu finden, seine Mitte und sein Maß zu entdecken. Irgendwie könnt ihr Deutschen das besonders gut. Das hat sicherlich was mit eurer Geschichte zu tun ... dass ihr die Extreme fürchtet, nach Vernunft und Angemessenheit fragt und den Ausgleich sucht, den Kompromiss. Ihr seid eine einzige Kompromissmaschine. Und das macht euch so erfolgreich. Und genau das ist es, glaube ich, was mich so an euch fasziniert. Aber eigentlich finde ich durchgeknallte Typen viel spannender. Und ich würde mir wünschen, dass es noch viel mehr von ihnen gäbe."

„Und vielleicht suchst du genau deswegen ständig nach dem nächsten Projekt, bevor es mit dir selber zu Ende geht", pruste ich los und denke daran, gleich nach Hause zu gehen.

Er lacht aus vollem Herzen, stößt mit mir an: „Auf *den* Kompromiss können wir uns einigen, mein Freund!"

***

Die Besprechung ist fast zu Ende. Mein Smartphone vibriert zum dritten Mal und wandert erneut ein paar wenige Millimeter über den Konferenztisch. Ich kann sehen, dass es wiederum Arno ist, der mich erreichen will.

„Na, geh schon endlich dran!", sagt meine Chefin. „Wir sind ja sowieso fertig mit dem Thema."

Ich stehe also auf, greife mir das Telefon, schleiche auf den Flur, ziehe die Tür hinter mir zu und nehme das Gespräch an.

„Hast du's schon gehört?"

„Nein!", erwidere ich und spüre sofort, dass etwas geschehen ist, etwas Furchtbares, es liegt direkt in Arnos Stimme, schon mit dem ersten Wort war es klar.

„Collin ist tot", erzählt er. „Autounfall, direkt auf der Auguststraße."

Ich falle zurück an die Wand und sacke auf den Teppich hinab, kann nichts sagen, blicke in die Leere unseres langgezogenen Flurs, auf die langweilige, weiße Raufasertapete, die grauen Metallrahmen der raumhohen Fenster neben den Türen der anrainenden Büros. Ganz am Ende, die vernachlässigte Yucca-Palme, sie wirkt so schwächlich und deplatziert in der Ferne, wie sie es wohl jeden Tag tut, doch erst heute erweckt sie einen Eindruck bei mir, scheint mir irgendetwas sagen zu wollen.

„Bist du noch dran?", fragt mich Arno.

„Ja!", sage ich matt, „Ja, ich bin noch dran. Wie ist es denn passiert?"

„Er ist bis zum Schluss geblieben."

„War klar."

„Und dann wollte er draußen direkt vor dem Beppo über die Straße zur anderen Seite. Es war ein Taxi. Der Fahrer hat wohl gesagt, Collin sei sofort tot gewesen. Heike hat den Aufprall gehört und zum Hörer gegriffen, der Notarzt brauchte keine zwei Minuten."

Immer noch starre ich den Gang entlang bis zur dunkelgrünen, angestaubt grauen Palme. Ihre Rinde springt überall auf, als wolle sie Regentropfen vom Himmel fangen.

„Ich weiß nicht, was ich sagen soll, Arno!"

„Das wusste ich vorhin auch nicht, als mich Heike anrief."

„Sie hat ihn tot auf der Straße gesehen, oder?"

„Das nehme ich an."

„Weißt du, wie es seiner Frau und seinen Kindern geht?"

„Nein, keine Ahnung!"

Wieder verstummt unser Gespräch und ich muss an gestern denken, als Collin und ich miteinander lachten, über den ewigen Streit zwischen seinen Freunden bei den Grünen und meinen bei der CDU, wenn sie sich vor laufender Kamera im Stadtrat in die winzigsten Details miteinander verhakten, im Kampf für jeden einzelnen Bergmolch, der einem Bauprojekt im Wege stand oder im Stunden währenden Streit um jeden einzelnen Parkplatz, der zum Wohle der Anlieger bleiben musste oder der Umwelt zuliebe verschwinden sollte. Wir lachten über das Herbstlaub auf den Gehwegen, das in Sammelkörbe der Stadt an der Straße geworfen werden durfte, nicht aber jene Blätter zehn Zentimeter entfernt aus den Vorgärten. Wir lachten aus ganzem Herzen über die wohl zwanzigste Resolution zur Rettung des Weltfriedens, die aus der Mitte unserer Stadt für die Menschheit verkündet wurde und über das zu bewahrende Idyll von grundständiger Ordnung, Sitte und Moral im Leben des konservativen Wählers, bis ich aufbrechen musste, weil auch der heutige Tag in den frühen Morgenstunden beginnen würde, so wie der gestrige.

„Wart's ab!", rief Collin mir nach, als ich gezahlt hatte und ging. „Eines Tages fangen wir beide nochmal ein gemeinsames Projekt an und dann starten wir richtig durch."

„Wenn wir das zusammen machen, dann können sie deinen Namen in der Zeitung nicht weglassen", rief ich ihm über die Schulter zurück und bahnte mir den Weg an Peter und Arno vorbei Richtung Ausgang.

„Bist du noch dran?", höre ich Arno am anderen Ende sagen.

„Ja, klar!"

„Soll ich dich auf dem Laufenden halten", schlägt er vor.

„Ja, mach das Arno! Das wäre nett, wenn du das tust."

„Keine Ursache!"

„Arno?", sage ich.

„Ja?"

„Wir müssen eine Anzeige für Collin in der Zeitung schal-
ten."

Probleme bei Oetkens

Kein Wasser eigne sich besser als das aus dem Trockner. Selbst nach vielen Jahren und Gesprächen bleibt Karl-Heinz Oetken bei dieser Theorie. Und so empfängt er mich jeden ersten Donnerstag im Monat gegen 15 Uhr an seiner Haustür – mit einem Zehn-Liter-Eimer voll kondensiertem Wasser – und bittet mich zu ihm und seiner Frau in die Wohnung. Er führt mich ins Arbeitszimmer, das er allein benutzt. Heute tragen wir Masken zum Schutz vor dem Virus. Oetken baumelt wie üblich die Lesebrille an Bändseln vor der Brust. Der Schreibtisch ist vom Fenster abgerückt, den Bürobedarf hat er ins Regal neben die Medaillen des einstigen Jagdgeschwaders und größere Fliegermodelle gestellt. Die kleineren stehen akkurat in einer großen Vitrine an der Wand. Lediglich Oetkens Lottoscheine bleiben bei seinen Vorbereitungen für meinen Besuch auf der Tischplatte zurück. Penibel in Reih und Glied liegen sie da, als habe er dem Glück noch rasch vor meiner Ankunft mit einem Lineal seine Tüchtigkeit demonstrieren, es herbeizwingen wollen. Seit meinem ersten Termin hier in der Ammergaustraße liegen jedes Mal neun Stück auf dem Tisch. Keiner ist in Gänze ausgefüllt, auf manchen sind nur in zwei von zehn Blöcken Kreuze gesetzt. Zwar habe ich sie nie genauer betrachtet, doch die vielen flüchtigen Blicke über die Jahre sagen mir, dass drei Scheine für alle Tipps reichen – eigentlich. Gefragt habe ich den redseligen, kleingewachsenen Pensionär aber nie, welches Ziel er mit dieser besonderen Aufteilung verfolgt.

„Was macht das Geschäft?“, will er wissen, während ich seinen Eimer mit Kondenswasser links neben dem Heizkörper abstelle und das Fenster öffne.

„Den Umständen entsprechend“, antworte ich und ziehe mein Besteck aus dem Holster, tauche den Wischer in den Eimer, rühre etwas um, sehe es schäumen und rieche Oetkens Reiniger, den er zugegeben hat. Ich streife den Abzieher mit leichtem Druck über den Wischer, beginne die Scheibe einzuseifen. „Die Aufträge gehen zurück, das ist wohl wahr. Die Leute sind verunsichert, sagen kurzfristig ab, damit sie niemanden in ihre Wohnung lassen müssen. Ist ja auch verständlich. Noch kommen wir glimpflich davon. Aber in anderen Branchen sieht es düster aus. Ein Bekannter von mir hat letzte Woche all seine Leute in Kurzarbeit geschickt und beim Land Kredite und Zuschüsse beantragt. Und mein Sohn nimmt keinen Cent mehr ein … er ist Musiker.“

Ich beginne das Glas abzuziehen, führe den Wischer sorgsam mit, um die Flüssigkeit aufzufangen.

„Schlimm!“, meint Oetken. „Und das so kurz vor Ostern. Vielleicht hat der da oben mal ein Einsehen mit uns.“

„Ja, vielleicht!“

„Ich jedenfalls“, sagt er feierlich, „bleibe Ihnen weiter treu … solange der Chef noch persönlich kommt.“

„Gerne doch!“, antworte ich und höre Schritte aus dem Flur.

„Karl-Heinz!“, sagt seine Frau. „Auch eine Tasse für Herrn Burmeister?“

Vermutlich dreht sich Oetken jetzt hinter meinem Rücken um und weist sie zurecht: Die Frage sei überflüssig, der Kaffee müsse längst aufgebrüht sein, die Kekse bereitgestellt, der Tisch in der Küche gedeckt. Immer wieder habe ich in meinen zwanzig

Minuten hier Fetzen seiner versteckten Kommandos aufgeschnappt. Doch heute fällt kein Laut und ich drehe mich um, blicke sie an: „Sehr gerne, Frau Oetken! Aber diesmal bitte im Stehen. Ich bin unter Zeitdruck. Zwei Mitarbeiter sind krank."

Sie nickt und geht Richtung Küche.

Ich poliere eine Stelle mit dem Bauwolltuch und schließe das Fenster, benetze die Innenseite der Scheibe.

„Werden Sie die Kreditprogramme in Anspruch nehmen?", möchte Oetken wissen.

„Das will ich eigentlich vermeiden. Ich zahle meine Steuern schließlich dafür, dass Schulen und Straßen gebaut werden … und nicht, um das Geld als Kredit zurückzubekommen."

„Ganz richtig, Burmeister!", entgegnet er militärisch im Ton, ohne aber unfreundlich zu wirken. Ohnehin sind die Oetkens seit Jahren sehr zuvorkommende Kunden. Sie zählen zu den letzten, die ich noch selber anfahre.

„So, hier wären wir fertig. Und jetzt der Schreibtisch … Wie immer, Herr Oetken?"

„Ja, bitte!"

Ich trockne die Fensterbank und trage dann gemeinsam mit ihm den Schreibtisch bis vor den Heizkörper.

„Jetzt das Fenster im Schlafzimmer, danach ins Wohnzimmer?", frage ich.

„Ja, meine Frau ist in der Küche, das würde passen."

„Die Maske setze ich im Schlafzimmer ab, in Ordnung?"

„Ja, selbstverständlich", antwortet er und ich streife sie mir von der Nase, atme tief durch.

Wie üblich gehe ich also voraus – Oetken wird seine Sachen zurückstellen, sich die Lesebrille aufsetzen und die Lottoscheine neu ausrichten, sie mit alten Maßgewichten beschweren und sich dabei Zeit lassen, bis seine Frau zum Kaffee ruft. Aus dem Augenwinkel sehe ich sie in der Küche den Tisch decken. Sie trägt eine Schürze, ihre Brille ist bis zur Nasenspitze gerutscht. Drei Söhne hat die drahtige, einst schwarzhaarige und mittlerweile vollständig ergraute Dame – die bis vor wenigen Jahren im Bürgerfelder Turnerbund noch auf dem Schwebebalken stand – gesund zur Welt gebracht. Nach der dritten Geburt gab sie ihren Beruf als Chefsekretärin bei der großen Umschlag-Gesellschaft im Hafen auf. Alle Söhne sind scheinbar glücklich verheiratet und beruflich erfolgreich, soweit meine Informationen stimmen. Den Fotos im Wohnzimmer nach zu urteilen, ist sie inzwischen dreifache Großmutter. Vor zehn Jahren ist das Paar nach der Pensionierung des Mannes dann in diese kleinere Wohnung gezogen. Sigrun Oetken ist kirchlich aktiv, ein Engagement im Kirchenvorstand hat Karl-Heinz Oetken ihr jedoch ausgeredet, ebenso den Vorsitz im Lesekreis, den man ihr angeboten hatte.

Die Gardine im Schlafzimmer ist bereits zur Seite gezogen. Das Fenster zeigt nach Norden, ist von außen in der Regel weniger schmutzig als die übrigen. Es öffnet sich unpraktisch über das Bett zur Schrankwand hin, sodass ich immer zuerst den Eimer an den Nachttisch von Herrn Oetken stelle, danach den Hebel betätige, mich auf den Boden knie und es über mich hinweg schwenke. Einmal habe ich dabei eine Porno-Zeitschrift unter dem Bett entdeckt, während ich mich mit der Hand unter den hängenden Fransen der Tagesdecke abstützte. Ich schob das Magazin zurück unter Oetkens Seite und berührte dabei Gegenstände, von denen ich nur vermuten kann, um welche es sich handelte. Das Schlafzimmer selbst ist karg eingerichtet: Das Mobiliar ist in Buche-Dekor gehalten, gegenüber auf Frau Oetkens Seite steht eine weiße Trichterlampe mit Schwanenhals, daneben liegt ein angelesener Roman von Margaret Atwood. Kürzlich sah ich dort ein Taschenbuch mit dem Titel „Ein Zimmer für sich allein" und musste sofort an das Arbeitszimmer ihres Mannes denken, an dessen Lottoscheine, seine Lottoschein-Ausfüllbrille und jene Medaillen, die er nicht im Zuge militärischer Ehrungen als Fliegeroffizier erhalten hat – schließlich war Oetken als Zivilist in der Buchhaltung der örtlichen Standortverwaltung beschäftigt, wenngleich in leitender Funktion. Nein, die polierten Plaketten sind Anerkennungen für seine jahrelange Tätigkeit als Kassenwart im privaten Freundeskreis des Fliegerhorstes. Und natürlich musste ich beim Blick zum Buch auf dem Nachtschrank von Sigrun Oetken an die vielen Fliegermodelle denken, die ihr Gatte eifrig hegt und vermutlich nach dem Abendbrot – die Lesebrille auf dem Nasenrücken hochschiebend – vorsichtig entstaubt oder dann und wann einen neuen Bausatz in jenem Arbeitszimmer beginnt, in dem seine Frau vermutlich nach seiner Ansicht nichts zu suchen hat. Wahrscheinlich muss sie mit dem Esstisch in der Küche unter der grell leuchtenden Deckenlampe vorlieb nehmen. Oft habe ich mich gefragt, ob sich dieser Mann vorstellen kann, was seine Frau liest, was sie interessiert und was sie darüber denken mag, dass er den einzigen freien Raum in der Wohnung für sich beansprucht. Vielleicht ist jeder Buchtitel auf ihrem Nachtschrank ein letztes Aufbegehren in ihrer beinahe 50-jährigen Ehe. Oder sie hat sich in der Stunde vor dem Schlaf in den Büchern ein Refugium geschaffen, während ihr Gatte im Bett nebenan bereits von einem Fliegermagazin beschattet zu schnarchen beginnt.

Auf seinem Nachtschrank steht ein dreiteiliger Klappwecker aus den 50er Jahren, dessen Zifferblatt zwischen Deckel und Boden versenkt werden kann. Auch Oetken nutzt eine baugleiche

Lampe, deren Schirm indes zur Wand gerichtet ist. Ich klappe das Fenster zu und seife die Innenseite ein. Hier im Schlafzimmer ist das Glas wie in vielen anderen Wohnungen am schnellsten gereinigt. Schlafzimmer sind die Räume mit den saubersten Fenstern. Im Hintergrund höre ich Gemurmel aus der Küche. Oetkens Stimmen heben und senken sich leicht, gerade so, dass ich die Worte nicht verstehen, aber die Intonation wahrnehmen kann: von Glück und Zuneigung geprägt klingen sie nicht.

Ich ziehe die Ränder mit dem Leder nach und kontrolliere das Glas, indem ich knie und im steileren Winkel durch die Scheibe hinauf in den Himmel blicke. Draußen prangt noch ein Fleck oben rechts. Ich öffne das Fenster erneut, poliere die Stelle und packe meine Sachen anschließend zusammen, wechsle hinüber ins Wohnzimmer. Aus der Küche strömt der Geruch frisch gebrühten Kaffees in die Wohnung. Und durch die geöffnete Balkontür weht frische Frühlingsluft ins Wohnzimmer.

Das Problem bei den Oetkens ist das Überdach draußen. Es ist fest installiert, besitzt keine Luke. Zwar reicht meine Leiter unten vom Garten samt Ausleger bis ans Geländer des Balkons und im Grunde könnte ich sie sogar noch weiter ausziehen und an die Kante des Überdachs lehnen. Doch das Glas ist viel zu dünn, um dem Druck einer auf acht Meter ausgezogenen Leiter und zusätzlich dem Körpergewicht eines Zwei-Meter-Mannes standhalten zu können. Eigentlich lässt sich das Überdach der Oetkens nur über einen Hubwagen mit langem Ausleger putzen. Aber die Kosten und der Aufwand stehen in keinem Verhältnis zum Nutzen.

Ich hänge den Eimer mit Oetkens Kondenswasser also wie üblich an den Haken, den er mir extra an einem der Träger des Daches angebracht hat. Als er mich vor Jahren bat, auch diese problematischen Scheiben zu reinigen, lehnte ich das zuerst aus Sicherheitsgründen ab. Doch Anfang der 2000er war der Konkurrenzdruck erheblich: Studienabbrecher, arbeitslose Journalisten und Werbeleute fingen plötzlich an Fenster zu putzen, als Einzelunternehmer, die sich aber die Kunden heimlich teilten und die Preise ruinierten. Riskieren wollte ich es nicht, dass mir Kunden wie die Oetkens abspringen. Für einen Moment dachte ich nach, ob ich unseren frischgebackenen Gesellen herschicken sollte, verwarf den Gedanken aber sofort. Entweder würde ich bei meiner Ablehnung bleiben oder eine Lösung finden, mit der ich künftig selbst das Überdach putzen würde. Dann fielen mir die Bohrungen in den beiden Ständern auf. Beim nächsten Mal brachte ich Zurrbügel mit, schob sie durch die Löcher, ließ den Oetkens noch eine kurze Telestange für meinen Wischer und Abzieher da und dabei ist es geblieben. Sie liegt in einer Holzkiste, ich stecke den Wischer drauf, stelle einen Fuß auf den untersten Zurrbügel, halte mich mit einer Hand am Träger fest und hieve mich hoch. Der Eimer hängt passend – bücken muss ich mich kaum, um den Wischer einzutauchen. Anders als vor den Fenstern, streife ich hier das überschüssige Wasser nicht mit dem Abzieher aus den Fasern des Wischers, sondern klatsche ihn triefend über mir aufs Dach, schiebe ihn mit der Telestange bis an die Hauswand und nässe die gesamte Scheibe kräftig ein. Das heißt, jede Stelle wische ich mehrfach und mit Druck, bis sich der angetrocknete Dreck löst. Lange halte ich das nicht durch. Denn ich muss einhändig den Wischer auf der Telestange gegen den Abzieher tauschen, und das, während ich in acht Metern Höhe einbeinig auf einem schmalen Bügel stehe und mich mit der anderen Hand an einem Stahlrohr festhalte. Das Schwierige an der Sache ist, dass der Wischer relativ fest auf der Stange sitzen muss, soll er sich beim Einnässen nicht lösen und in die Tiefe fallen. Entsprechend schwer ist er mit einer Hand wieder zu lösen. Doch der gefährlichste Moment ist wohl jener, an dem ich ihn zurück in den Holster führen, dort gegen meinen Abzieher tauschen und den auf die Stange stecken muss. Die nämlich liegt oben auf dem Dach. Mit dem Kinn klemme ich sie währenddessen auf die Glasscheibe und bete jedes Mal, dass nicht Oetken passgenau in diesen Sekunden durch sein Wohnzimmer schlendern, auf den Balkon treten und mir irgendwelche Fragen stellen wird. Zu allem Überfluss hängt mir heute die Corona-Maske unterm Kinn.

Wie nicht anders zu erwarten, kommt Oetken mitten in meiner akrobatischen Einlage nach draußen: „Wollen Sie die Maske nicht ganz ablegen?"

Ich drücke die Telestange mit dem Kinn aufs Dach, tausche den Wischer im Holster gegen den Abzieher und klemme ihn dann oben auf die Spitze.

„Kann ich Ihnen irgendwie helfen, Herr Burmeister?", hakt er nach.

Die Klappe könnte er mal halten, denke ich und versuche die krampfende Wade zu entlasten, während ich den Abzieher ganz hinten vor der Wand ansetze und meine erste Bahn ziehe.

„Ich helfe Ihnen gern", fährt er fort und fummelt unter mir am Eimer herum. „Destilliertes Wasser ist wirklich das beste", meint er und ich überlege, ob ich ihn anfauchen sollte. „Mineralien", sagt er, „setzen sich sofort auf der Glasoberfläche ab."

Oetken hat mir die Geschichte bestimmt schon hundert Mal erzählt. Ich beende die nächste Bahn, reiche mit der Telestange wieder bis weit an die Wand, wodurch mein Unterarm zu zittern beginnt. Meine Hose ist nass – auffangen kann ich das Wasser bei diesem Balanceakt nicht. Vielleicht wäre das eine Aufgabe für Oetken, der inzwischen von seinen Söhnen redet: Der Älteste in der Schweiz habe vom Klinikum in Basel gewechselt, eine Praxis mit zwei befreundeten Ärztinnen eröffnet und fühle sich pudelwohl. Der Enkel – und die zwei anderen ebenso – seien putzmunter.

„Der Kaffee ist fertig", ruft Frau Oetken aus der Küche.

„Fertig", sage auch ich nach der letzten Bahn und erspare es mir, die Ränder zu ledern. Gemurrt hat Oetken zum Glück nie wegen dieser Nachlässigkeit, also schwenke ich den Abzieher samt Telestange unter das Dach. Oetken nimmt sie mir ab und ich gehe in die Knie, fummle an der Maske. Mein Unterarm ist müde, die haltende Hand voller Schweiß. Irgendwie stört heute der Eimer mit dem Kondenswasser, vielleicht hängt er ein Loch höher als sonst und dann schießt es mir durch den Magen, es schießt in die Finger und Füße, ich sehe den blauen Himmel, die Glaskante schwebt davon, die Luft zischt an meinen Ohren vorüber, die orangefarbene Markise ein Stockwerk tiefer und der Balkon darunter, sein weißes Geländer und dann das Fenster zum Erdgeschoss.

***

Der Himmel ist blau, ganz unverändert, der Himmel ist still. Ich kann schlucken, fühle den Speichel. Auch läuft er mir über die Lippen, ganz langsam und haltlos zum Kinn hinab. Die Lider sind weich, aber schwer wie in den letzten Sekunden vorm Schlaf. Und mir ist warm, so angenehm warm.

Dort oben ragt das Dach in die Lüfte, hoch über mir in den fernen Himmel. Und dann bebt der Boden, ich spüre es deutlich am Hinterkopf. Frau Oetkens Gesicht taucht auf. Ihre langen Finger ruhen über dem Mund. Langsam rutschen ihre Kuppen von den Lippen und sie spricht meinen Namen, fern und dumpf, als stünde eine dicke, unsichtbare Wand zwischen Frau Oetken und mir. Doch es ist mein Name, den ihr Mund formt, ich bin mir ganz sicher.

Sie blickt zur Seite, hält meine Finger umschlossen, drückt und reibt und knetet sie. Aber meine Hand wirkt fern und fremd, ich kann sie nicht spüren hinter dieser unsichtbaren Mauer. Dann steht ihr Mann plötzlich neben ihr mit großen, gläsernen Augen und dreht sich abrupt zur Seite. Ein Schwall spritzt aus seinem Mund zu Boden, Fäden hängen dem kleingewachsenen Pensionär von den Lippen. Er zieht ein Taschentuch aus der Hose, wischt sich trocken. Doch sein Oberkörper zuckt und Oetken würgt erneut. Er hält sich den Bauch, streift den Unterarm über die Stirn.

Überall ist es warm und knisternd, rauschend, so, als führen zahllose, winzige Autos, die nur unter dem Mikroskop zu erkennen sind, kreuz und quer – in mir.

„Können Sie mich hören?", fragt sie.

Ich schließe die Augen, spüre das Sonnenlicht durch die Lider, öffne sie wieder und bewege den Kopf ein wenig auf und ab. Der Speichel wirkt warm an den Mundwinkeln, ich kann die Lippen weiter öffnen: „Ja!"

„Ich habe den Notarzt gerufen."

„Gut!"

„Haben Sie keine Angst! Ich bleibe bei Ihnen."

„Danke!"

Ihr Mann richtet sich hinter ihr ganz auf, knüllt das Taschentuch in seine Hosentasche, blickt uns nicht mehr an, wendet sich ab, macht einen Schritt, hält wieder inne … mitten im nächsten Schritt … als könne er sich nicht entscheiden. Aber dann geht er schließlich weiter. Seine Oberschenkel verschwinden aus meinem Blick, sein Gürtel über der Hüfte, das Hemd, der Nacken, sein Hinterkopf und dann der Scheitel. Alles ist wieder blau über mir und ihr.

„Frau Oetken!“

„Ja, Herr Burmeister!“, murmelt sie hinter dieser unsichtbaren Scheibe fern und fremd, während es leise, aber doch so mächtig in mir knistert … wie eine große Stadt nur wenige Momente vor dem lang ersehnten, friedlichen Abend: klingelnd vor Ungeduld, hupend, rasend vor Eile, das Licht aufblendend, überholend voller Energie, abbiegend und bremsend, schimpfend und lachend, durcheinander und durcheinander kribbelt es in mir – überall.

„Frau Oetken!“

„Ja, Herr Burmeister?“

„Neben meiner Frau … Bitte!“

Sie spitzt die Augen, drückt meine Hand und ich erkenne zahllose Falten auf ihrer Stirn, die mir nie zuvor so deutlich aufgefallen waren: längere über ihren Augenbrauen und feine, kurze an den Winkeln. Ihre Grübchen zittern und es scheint, als kämpfe sie mit den Tränen.

„Psalm 27“, sage ich: „Bitte lesen Sie ihn!“

„Ja, Herr Burmeister!“

„Danke!“

Das Atmen fällt mir schwerer und meine Zunge ist taub. Der warme Speichel ist fort.

„Frau Oetken?“

„Ja, Herr Burmeister?“

„In den Kirchenrat!"

„Ja, Herr Burmeister! Das mache ich."

„Versprochen?"

„Ja, ich verspreche es Ihnen."

Mit vollem Mund isst man nicht

In seinem Zimmer hängt ein riesiges Periodensystem und die Elemente bis zur Ordnungszahl 26 hat er mit rotem Filzstift umkreist. Das hat Eisen mir gleich am ersten Tag erzählt und erklärt, er lebe im Eisenzeitalter. Ich brauchte eine Weile, bis der Groschen bei mir fiel. Ich blickte ihm nach, während er seinen braunen Pferdeschwanz mit einem Haargummi festzurrte, die leere Schubkarre vom Tennisplatz schob und die Griffe dabei nach oben drückte – die Karre beinahe hochkant fuhr – und gedankenverloren ein Lied in die Frühlingsluft pfiff.

„Eisen!", schrie ihm unser Kolonnenführer, Hubert, bald über die Tennisplätze hinterher, weil Eisen in seine eigene Welt verloren hinten am großen Haufen mit dem neuen Ziegelmehl zu trödeln begann. „Materiaaaal!"

Ein bis zwei Minuten später tauchte Eisen samt gefüllter Karre hinter dem Vereinshaus auf, rollte sie mit hängenden Schultern langsam am grünen Zaun entlang bis zur Pforte und dort auf den Platz, um den roten Sand nach Huberts Anweisungen in einem kegelförmigen, spitzen Haufen abzukippen, der im Idealfall möglichst wenig Fläche auf dem Boden einnimmt. Eigentlich studiert Eisen Chemie. Doch wenn er so weitermacht mit seinem vorlauten Mundwerk, wird er am Ende wohl doch nur Schubkarre fahren, anstatt einen gut bezahlten Job bei *BASF Coatings* oder der Konkurrenz zu ergattern. Das zumindest nannte er beim Frühstück sein berufliches Ziel, als einer aus der Kolonne ihn nach seiner Zukunft fragte. Eisen interessiert sich für Farben und Lacke, ihre Eigenschaften bei der Verarbeitung und deren Härte oder Beweglichkeit, wenn sie erst einmal getrocknet sind. Vor allem aber kreisen seine Gedanken um ihre elektrische Leitfähigkeit. Und so erzählte er uns im Lkw während der Pause, dass er kurz vor dem Durchbruch stünde. Das Studium sei bald zweitrangig, wenn sein Plan aufginge. Er arbeite an einer Tinte für 3-D-Bio-Drucker, die umweltfreundlicher sei als die meisten Produkte auf dem Markt und dabei fast keinen elektrischen Widerstand besäße. PLAGRA – wie er diese Supertinte nannte – würde sich mit großer Sicherheit am Markt durchsetzen. Für die Herstellung bräuchte man nicht einmal ein Labor. Die Komponenten lagere er ständig in der Abstellkammer seiner WG am Johann-Justus-Weg und die ersten Proben habe er dort in der Küche entwickelt:

„Zucker und Maisstärke in einen Topf, Milchsäurebakterien dazu. Am nächsten Tag mit Zinn-Chlorid bei 80 Grad in den Backofen", meinte er und grinste schelmisch, während er zeitgleich sein Käsebrot aß. Am liebsten isst Eisen ganz alten Tilsiter, nicht gerade zu unserer Freude.

„Entscheidend sind aber die Buttersäure und welches Elastomer man später dazugibt", erzählte er weiter. „Die Tricks verrate ich natürlich nicht, die sind ja entscheidend für die späteren Eigenschaften. Und ganz wichtig: Kein herkömmliches Graphit verwenden! Also, ich sag's euch: PLAGRA wird weggehen wie warme Semmeln. Die Leute bei BASF und Evonik sind schon völlig verrückt. Aber keine Sorge, ich habe das Verfahren schon in München zum Patent angemeldet und die Markenrechte hab' ich mir auch gesichert."

Ratlos sahen wir Eisen an, wir zwei jüngeren Geisteswissenschaftler auf der Rückbank im Lkw neben ihm und vorne die beiden gestandenen Arbeiter Mitte vierzig: Hubert am Steuer, Strooti auf dem Beifahrersitz. Mürrisch schauten sie nach hinten, um sich zwei Sekunden später wortlos wieder ihren Mettbrötchen, dem Kaffee, ihrer Bild-Zeitung und dem Radio zu widmen.

„Ich wusste gar nicht, dass Farben den Strom leiten", meinte ich.

„Stimmt!", sprang mir Fiete bei, ein Kumpel aus dem musikwissenschaftlichen Seminar. „Beim Fahrrad muss die Lampe immer Kontakt mit dem blanken Rahmen haben."

„Es sei denn, man verwendet Kabel mit zwei Adern", setzte ich noch eines drauf.

Doch Eisen verdrehte die Augen: „Ihr seid mir vielleicht zwei Tröten".

Anschließend blickte er schweigend zum Fenster hinaus, auf die Tennisanlage, kaute sein Käsebrot und pfiff ein Lied.

Vor uns lag eine Menge Arbeit: Vier weitere Plätze waren vom alten, verwitterten Ziegelmehl der vergangenen Saison zu befreien. Diesen ersten Schritt einer Frühjahrsüberholung unternimmt die Kolonne gemeinsam: Material abkratzen, zusammenschieben, in die Karren schaufeln und zum Parkplatz auf den Container fahren. Pro Platz ergibt das mehr als zwei Tonnen braunroten, klumpigen Sand, der in den Container muss. Ist das erledigt, verteilen wir die nächsten Aufgaben. Eisen fährt etwa die gleiche Menge neues, helleres und sehr pudriges Material auf die nackten Plätze, und zwar allein. Hubert und ich verteilen das Ziegelmehl in möglichst dünnen Schichten über den Platz, indem wir die Schippen nur halb füllen und das Zeug in breiten Fächern auswerfen. Strooti und Fiete ziehen das Material dann mit dem Netz plan. Allerdings bekommt einer von uns bei diesem System – wenn eine Kolonne aus fünf Leuten zwei Plätze gleichzeitig bearbeitet – immer den schwarzen Peter. Denn wirft nur einer mit der Schippe ein, kann er nach einer Weile das ankommende Material nicht mehr schnell auf dem Court verteilen. Unter jedem Haufen zieht der frische Sand schon Feuchtigkeit aus dem Boden, verklebt mit der Oberfläche. Und zurück bleiben Huckel, die später nur schwer zu glätten sind. Gegen Abend fällt der Einschmeißer dann erledigt auf die Rückbank des Lkws und kann eigentlich nichts weiter machen, als sich ein Bier zu greifen. Oder es zieht nur einer das Netz und rennt sich im Laufe des Tages die Füße blutig. Am härtesten trifft es jedoch den Mann an der Schubkarre, fährt er allein. Denn erwischen Hubert und ich einen guten Tag, braucht jeder von uns nur fünfzig Minuten, um einen Platz komplett einzuwerfen. Für die vier Plätze hier muss Eisen bis zu acht Tonnen Material auf die Anlage bringen, den Einschmeißern punktgenau vor die Füße kippen, und zwar in akkuraten Haufen, will er nicht angepflaumt werden. Noch schlimmer ist es natürlich, wenn ihm unterwegs eine volle Karre aus den Händen rutscht. Zweimal ist ihm das bisher passiert und schon deswegen hatte Hubert ihn auf dem Kieker. Doch der wahre Grund für Huberts tiefgründige Abneigung gegen Eisen ist ein anderer: Eisens vorlautes Mundwerk. Gleich am ersten Tag zeigte Eisen unmissverständlich, was er von dieser Art Arbeit hält:

„In den Semesterferien mache ich immer nur Sachen, für die man möglichst wenig Grips benötigt."

Die paar Worte für sich genommen schien Hubert schon als Kriegserklärung zu empfinden, so fahl und reglos wirkte sein Gesicht kurzzeitig. Aber Eisen merkte das nicht, vielmehr setzte er sogar nach: „Am liebsten sind mir die allerdümmsten Jobs, Hauptsache, ich kann in Ruhe denken und meine Verfahren im

Kopf durchgehen. Schlacke kratzen, das ist wirklich ideal. Das kriegt man sogar hin, wenn einem bei der Geburt die Nabelschnur abgeklemmt war."

Hubert – den alle nur *die Schippe* nennen – hätte rot anlaufen oder ihm an die Gurgel springen können. Doch nichts dergleichen geschah. Stattdessen nickte er kühl und bot Eisen den Job an der Karre an.

„Ab sofort werfen wir zu zweit ein!", erklärte er trocken und wartete nicht ab, ob Eisen auf diesen für ihn noch unverständlichen Satz reagierte. Zwar kannte ich Hubert erst seit zwei Wochen und Eisen seit wenigen Tagen. Sofort war mir aber klar, dass Huberts Augenblick kommen würde, seine heimliche Abrechnung mit Eisen, eine versteckte Folter oder sogar Hinrichtung dieses für ihn wohl unerträglich arroganten Schnösels, der ungefragt Sätze ausspuckte, die anderen Menschen im Nu das Existenzrecht absprachen. Dabei schien Eisen eigentlich kein verkehrter Kerl zu sein. Schon in den Tagen darauf zeigte sich schnell, dass er seine Worte nie wählte, um andere damit zu verletzen. Eisen irrlichterte mit seiner Sprache schlicht nur so hilflos unter den Menschen umher wie ein kleines, neugieriges Kind, das durch Zufall in die Werkstatt des Vaters gelangt war und dort eine Flex unter Strom zu fassen bekam.

Seither trieb Hubert ihn unentwegt an: „Materiaaaal", rief er quer über die Anlage in Richtung des Parkplatzes, wo der frische, rot in der Sonne leuchtende Berg vom Laster gekippt worden war. Eisen wurde von Stunde zu Stunde blasser. Sechs Plätze schafften wir an Eisens erstem Tag beim Oldenburger Turnerbund.

„Rekordverdächtig", meinte Strooti, der einmal Frisör mit eigenem Studio in der Innenstadt war, seinen Laden aber um die

Ecke in der Spielothek verzockte. „So viel hat dieses Jahr noch keine Kolonne an einem Tag geschafft."

Strooti ist angeblich seit zehn Jahren dabei, nimmt seinen Jahresurlaub im Frühling und arbeitet in Steuerklasse 6 auf eine zweite Karte, um seine Schulden irgendwie bis zum Lebensende abtragen zu können. Seine Aussichten sind trübe, der Gang in die Privatinsolvenz war nicht die Lösung, schließlich hatte er sich den größten Teil des Geldes für die Automaten privat beim arabischen Gemüsehändler um die Ecke geliehen. Und diese Schulden tauchten im Insolvenzverfahren nicht auf.

Im Grunde hätten wir in den nächsten Tagen auf den Plätzen zu Hause in Oldenburg gut zu tun gehabt. Es wurde ein bisschen diskutiert und lamentiert, ob wir Masken gegen das Virus im Lkw tragen müssen oder gar draußen auf der Anlage. Mitte der Woche kam jedoch unser Geschäftsführer vorbei und berichtete, dass ein paar Vereine die Aufträge zurückgezogen hätten – man wäre in Sorge, ob es wegen der Pandemie in diesem Jahr überhaupt eine nennenswerte Saison geben würde, die Kosten wie diese rechtfertige. Doch das alles beunruhigte uns wenig, schließlich deutete der Geschäftsführer außerdem an, er lasse alte Kontakte spielen und es könne sein, dass wir demnächst auf Montage gingen.

Demnächst bedeutete: am nächsten Morgen in der Frühe. Gegen fünf klingelte mein Wecker, zwanzig Minuten später stand Hubert mit dem Lkw vor dem Studenten-Wohnheim und kurz nach neun hielten wir auf einem Rastplatz an der Autobahn 46 an. Ein paar Minuten später rollte der Geschäftsführer mit dem Wagen auf den Parkplatz, stieg eilig aus und pfiff uns zu, wir sollten hinter dem Laster verschwinden. Dort drückte er jedem von uns ein paar Scheine in die Hand – mir ganze dreihundert Euro. Und dann nannte er uns die Adresse wenige Kilometer entfernt: eine Anlage mit neun Plätzen.

Hubert schüttelte sofort den Kopf: „Nicht schon wieder!"

„Was denn?", fragte Eisen neugierig.

„Eine Terrassen-Anlage."

„Was ist das? Mit Sonnenschirm und Liege?", frotzelte Eisen.

„En kloken Hahn haalt de Voss ok, mien Jung!", entgegnete Hubert, bedankte sich beim Chef für das Schwarzgeld und ging zur Fahrerseite. „Aufsitzen. Männer!", rief er und startete den Motor.

„Keine Sorge!", sagte Strooti zu Eisen. „Bei Terrassen wirft nur ein Mann ein. „Fiete oder Kalle helfen dir beim Karre fahren."

„Ich mach das wohl", stimmte ich zu. Denn ich wollte Eisen näher kennen lernen, ihn vielleicht mal privat zum Bier einladen. Doch es sollte alles ganz anders kommen.

***

Es sah beinahe aus, als stünden wir am Rande einer Abraumhalde. Zahllose Haufen alten Ziegelmehls übersäten die Anlage. Überall lag das Zeug ohne erkennbare Logik herum: auf den Wegen, zwischen den Sträuchern, vor den Zäunen und Balustraden, sogar am Vereinshaus türmten sich rotbraune Kegel auf, ja, sie waren zum Teil mit schwarzem Material durchsetzt, bei dem es sich unzweifelhaft um jene Schicht handelte, von der ich häufig gehört, sie aber nie zu Gesicht bekommen hatte: Lava. Lava bildet den Unterbau eines Tennisplatzes. Und irgendwer hatte sie hier im Sauerland auf dieser hügeligen Anlage komplett freigelegt. Alle Plätze vor uns waren schwarz, scheinbar auch die höher gelegenen Courts. Überall ragten Spitzen rotschwarzer Sandhaufen in die Höhe. Fiete begann zu stöhnen: „Hier bleiben wir sicherlich länger als eine Nacht.“

„Darauf kannst du einen lassen“, meinte Strooti. „Sechs Tonnen pro Platz. Wenn dieser Irre, der das fabriziert hat, da oben genauso rumgewütet hat, dann müssen wir am Ende 24 Tonnen hier unten auf die Plätze bringen, achtzehn auf die mittlere Ebene und zwölf ganz nach oben.“

„Und die gleiche Menge vorher abfahren … in den Container“, meinte Eisen.

„Ach, was!“, stichelte Strooti. „Ich wusste gar nicht, dass Chemiker auch ganz einfache Dinge verstehen.“

Er lächelte bei seinen kiebigen Worten und schlurfte den Weg zum Vereinsheim gemächlich hoch. Strooti hatte sich schnell an das lose Mundwerk von Eisen gewöhnt und zahlte es ihm mit gleicher Münze heim. Kleine, unmittelbare Gewitter kühlten unseren Chemiker schnellstens ab, das hatte der Frisör auf Anhieb erkannt. Vielleicht, weil er die unterschiedlichsten Charaktere über Jahre in seinem Salon studieren konnte, seine Kunden im Nu durchschaute und intuitiv spürte, worüber sie gerne sprachen und worüber nicht. Hubert hingegen fehlte diese Gabe völlig.

Inzwischen holte sich Eisen ein weiteres Käsebrot aus dem Lkw und gemeinsam trotteten wir Strooti hinterher, gelangten mit ihm zur Tür des Vereinshauses und traten ein. Hubert stand mit einem gut gekleideten Herrn am Tresen.

„Der Vereinspräsident“, flüsterte uns Strooti zu und wir grüßten freundlich.

„Möchten Sie Kaffee?“, fragte der Präsident. Wir nickten und er ging hinter die Theke, holte Geschirr aus einem Hängeschrank, nahm die Kanne aus der Maschine, goss uns ein. „Zucker und Milch stehen drüben an der Seite."

„Wie viele Arbeiter haben denn hier gebuddelt?", schoss es Eisen über die Lippen, während er noch sein Käsebrot kaute. Hubert drehte sich um, seine Augen waren kalt, seine Lippen blau und die Wangen wirkten eingefallener denn je. Seine Blicke schienen Eisen töten zu wollen, doch Hubert sagte kein Wort. Stattdessen wandte er sich wieder dem Präsidenten zu.

„Wie Sie sehen, meine Herren", sagte der, „haben wir ein kleines Problem." Er stellte uns die befüllten Tassen auf den Tresen und wir griffen zu. „Jedes Jahr hatten wir dieselbe Diskussion im Vorstand … im letzten Herbst dann sogar in der Mitgliederversammlung. Am Ende hat unser Platzwart einen Antrag gestellt und die Mitglieder waren dafür. Das Geld für die Frühjahrsüberholung sollten wir sparen, es für die Jugendarbeit verwenden. Die Mitglieder wollten die Plätze lieber selber in Ordnung bringen, unter der Regie des Platzwarts. Aber natürlich ging das nicht so richtig voran. Und irgendwann sind die ersten abgesprungen, wohl nicht ganz ohne Grund. Aber ich kann das nicht beurteilen, ich war zu der Zeit auf Teneriffa, mit meiner Frau."

„Warum ist denn alles bis auf die Lava runtergekratzt?", wollte Strooti wissen.

Der Präsident zuckte mit den Schultern, nippte an seinem Kaffee. „Unser Platzwart hatte da so eine Theorie. Er wollte zwischen die Lava und die Deckschicht noch anderes, billigeres Material streuen. Das sollte Geld sparen."

„Aber die obere Schicht wird doch trotzdem weggeschmissen", plapperte Eisen dazwischen. „Dadurch gewinnt man doch nichts?"

Strooti boxte ihm in die Rippen, worauf sich Eisen an seinem Käsebrot verschluckte und Brocken auf die Fliesen spuckte. Hubert saß inzwischen auf einem Hocker am Tresen, blickte uns nicht an, trank stoisch seinen Kaffee und paffte eine Zigarette.

„Fragen Sie mich was!", sagte der Präsident. „Fakt ist, dass Herr Bielski jetzt auf der Intensiv-Station liegt und seine Helfer-Truppe nichts mehr vom Beschluss aus dem Herbst wissen will. Ich habe zur Sicherheit noch Ziegelmehl bestellen können …"

„Wie viel denn?", hakte Hubert nach.

„Insgesamt liegen vorne jetzt 25 Tonnen."

„Ordern sie weitere dreißig", sagte Hubert, „sonst halten wir die DIN-Norm nicht ein. Mal abgesehen davon, dass Sie beim ersten Regenguss im Wasser stehen, wenn die Sandschicht zu dünn ist. Und wir brauchen sofort einen zweiten Container zum abfahren … vierzig Kubik. Die Badewanne da hinten haben wir in zwei Stunden voll."

Er drückte seine Zigarette aus, trank den Kaffee zu Ende und schmierte sich die Hände mit Vaseline ein: „Auf geht's Männer!", rief er. „Und besten Dank für den Kaffee!"

Im Vorbeigehen zeigte er mit dem Finger auf Eisen. „Und du hältst in Zukunft gefälligst deine Klappe, wenn du auf deinem Käsebrot kaust."

***

Gegen Mittag kamen zwei Lkws. Der eine lud den leeren, großen Container ab und fuhr sofort davon. Der andere, deutlich kleinere zog den alten Container – den wir bis über die Bordwände befüllt hatten – ächzend auf seine Ladefläche. Im Tal hatten wir die Haufen abgetragen. Eine Ebene höhere schippten Strooti und Fiete die letzten Reste auf ihre Karren. Hubert hingegen war ganz oben, testete zwei Rüttler, die er organisiert hatte, um die Menge an Ziegelmehl, die wir auf die Lavaschicht karren mussten, ordentlich verdichten zu können. Ein Pick-up lieferte die Geräte über einen Feldweg auf der Rückseite des Hügels an. Für schwer beladene Laster waren die matschigen Fahrspuren aber zu weich, auch stieg der Weg steil an. Eisens Vorschlag fegte Hubert mit harschen Worten hinweg, die Idee, uns eine Menge Fuhren mit den Karren zu sparen, wenn der Lkw ein paar Tonnen über den Feldweg an den höchsten Plätzen abladen würde. Es war das erste Mal, dass Hubert gegenüber Eisen laut und ausfallend wurde und ihm der Zorn über den vorlauten Akademiker die Röte in die Augen trieb.

Kurz darauf fing es an zu nieseln.

„Eigentlich machen wir bei Regen Pause", meinte Strooti. „Diesmal aber nicht", schob er nach und ich fragte ihn nach den Gründen.

„Erstens muss das Material nur ganz trocken sein, wenn wir die Deckschicht einstreuen", erklärte er. „Beim Unterbau kann das Zeug ruhig ein wenig klamm sein. Pass also auf, dass du die Plane nicht zu weit nach hinten vom Haufen wegziehst. Aber ganz penibel brauchst du nun auch wieder nicht zu sein. Es sei denn, es regnet in Strömen."

„Und zweitens?", fasste ich nach.

„Zweitens lässt der Chef bestimmt noch was springen, wenn wir bis Samstagabend fertig werden. Du weißt schon, Trinkgeld."

Ich schaufelte also meine erste Karre mit neuem Material voll – etwas weniger als üblich, schließlich schmerzten mir die Hände wie die Unterarme und Oberschenkel schon von den ganzen Touren mit dem alten Ziegelmehl, das wir überall aufgesammelt hatten. Und Berg hoch, das würde ein ganz anderer Spaß werden, das war mir klar, also ließ ich ab sofort vier, fünf Schaufeln weg. Eisen tat anfangs das Gleiche, stieß seine Schippe in den roten Sand und gemeinsam fuhren wir los. Doch auf der ersten Ebene hielt er an: „Meinst du nicht, dass es effektiver ist, wenn wir die Karren ganz voll machen?“

Ich zog meine Handschuhe aus, verschnaufte und folgte seinen Bemühungen, die verschwitzten Haare erneut zum Zopf zu binden, nachdem ihm einige Strähnen aus dem Gummi gerutscht waren.

„Eigentlich hast du ja Recht.“

„Was heißt denn … eigentlich?“, entgegnete er.

„Ich glaube, für den Unterbau spielt es keine Rolle, wenn wir Hubert und Strooti so große Haufen vor die Füße kippen. Aber bei der Deckschicht solltest du das lieber bleiben lassen.“

„Wieso?“, grinste er mich an. Seine zuckenden Mundwinkel verrieten wieder einmal, dass er alles in Frage stellte, was er hier auf der Baustelle erst vor wenigen Minuten erlernt hatte. Ich streifte mir wieder die Handschuhe über und packte die Holme meiner Karre:

„Na, weil die Grundfläche zu groß wird und das Zeug irgendwann am Boden klebt.“

„Aber, wenn es noch stärker regnet, ist es sowieso ganz egal“, erwiderte er, hob seine Karre an und schwieg. Auch ich schob weiter, der Weg wurde steiler und schmaler, ein schlammiger Pfad zu den oberen Plätzen. Bergab war ich auf dem feuchten Boden schon zweimal ins Schlingern geraten, hatte die prallvolle Karre mit dem alten Material in die Hecke gesetzt, bekam sie kaum wieder heraus.

„Eisen! Materiaaaal!“, schrie Hubert plötzlich von oben und schmiss einen Rüttler an.

„Na, das kann ja heiter werden“, rief ich Eisen zu, während wir um die Ecke bogen und die Plätze vor uns sahen.

Kurz vor der Kaffeepause hatten wir schätzungsweise vier Tonnen nach oben gekarrt. Strooti verteilte die Haufen mit der deutlich größeren Aluschaufel im hohen Bogen – so wie ein Sprinkler das Wasser auf einem Getreidefeld. Fiete rannte und schleuderte das Netz eher über den Boden, als es hinter seinen Fersen zu ziehen. Und sobald eine Fläche nur annähernd glatt aussah, raste Hubert mit dem Rüttler über die Stellen hinweg. Immer wieder ranzte er Eisen an, dass er pausieren müsse, weil wir das Material zu langsam den Berg hinauf karrten. Er hätte Strooti längst den zweiten Rüttler fahren lassen wollen. Doch wenn das Material so zögerlich einträfe, bräuchten wir uns keine Hoffnung auf einen weiteren Zuschuss vom Chef zu machen.

Nach dem Kaffee begann es in Strömen zu regnen. Das Material wurde schwerer, die Wege nur feuchter, rutschiger und Hubert rief andauernd vom Hügel zu uns herab, wir sollten uns sputen. Eisen füllte seine Karre mittlerweile um ein Drittel stärker auf als ich meine. Immer häufiger und heftiger schlug er das Material mit der Rückseite seiner Schaufel fest, schüttete noch eine Portion oben drauf. Und je stärker der Regen wurde, desto besser pappte das Material. Pro Tour karrte er bald doppelt so viel Zeug nach oben wie ich. Allerdings schien Hubert die ganze Mühsal nicht zu reichen. Ständig fauchte er Eisen an, obwohl dessen Haufen sichtlich größer waren als meine, sobald wir ihm und Strooti unsere Ladung vor die Füße kippten.

„Schlaue Sprüche klopfen könnt ihr Akademiker“, meckerte er, als wir wieder einmal um die Hecke auf den Platz kurvten.

„Aber selbst zum Arsch abwischen braucht ihr ein Inhaltsverzeichnis."

Eisen prustete: „Schippe … Du meintest eine Bedienungsanleitung."

Sprachlich war Hubert ihm hoffnungslos unterlegen. Seine Bilder und Überspitzungen gingen nie wirklich auf. Anfangs zog Eisen ihn freundlich damit auf, später lachte er ihn offen aus. Doch Hubert wollte nicht aufhören, Eisen mit Worten Paroli zu bieten. Eisen wiederum hatte sich fest in den Kopf gesetzt, Hubert auf seinem Gebiet – der körperlichen Arbeit – zu schlagen. Man konnte es Eisen an den Augen ablesen: Er wollte jenen Moment erzwingen, in dem Strooti seinen Haufen nicht verteilt und Hubert das Material mit dem Rüttler nicht eingeebnet hatte, während wir bereits mit prallgefüllten Karren anrollten. Es schien, als hätten Hubert und Eisen die Waffen nicht bloß gekreuzt, sondern getauscht. Einer wollte den anderen in dessen Disziplin bezwingen. Und so spornte Eisen mich immer häufiger an, dass auch ich meine Karre stärker füllen solle und ich gab mir anfangs ein wenig Mühe, aber nicht allzu viel. Allmählich wurde mir klar, dass über dieser Zusammenkunft von Hubert und Eisen, ja, über dieser katastrophal bewirtschafteten Anlage, die schon zuvor einen übereifrigen Zeitgenossen ins Koma befördert hatte – dass hier zwischen all dem Ziegelmehl im strömenden Regen irgendwo auf einem Hügel im Sauerland kein Segen lag, nein, dass der Teufel uns alle bald auf die Probe stellen würde, wenn nicht einer der beiden rechtzeitig das Kriegsbeil hinschmeißen, auf das zusätzliche Geld verzichten und wieder zurück in die Heimat nach Oldenburg fahren würde.

Es dämmerte bereits, als Hubert entschied, sogleich die Deckschicht – also zweimal zweitausend Kilogramm –

aufzutragen. Strooti hatte mir anderes über den Ablauf berichtet, wenn ein Platz von der Lava an neu eingedeckt werden muss. Die ersten vier Tonnen hätten mit Wasser geschlämmt werden müssen. Die letzte Schicht hingegen werfe man erst darüber, wenn der Unterbau weitgehend trocken sei. Doch in diesem Augenblick schien das nebensächlich geworden zu sein. Meine Blasen platzten trotz der Handschuhe auf, meine Waden waren so verkrampft, dass ich kaum noch gehen konnte. Den Nacken hatte ich mir heftig verzogen, ich konnte kaum nach links und rechts blicken. Doch Eisen begann inzwischen mit der Karre zu laufen, oben auf den letzten Metern, sodass er Hubert oder Strooti beinahe umfuhr, während er die Karre noch im vollen Schwung anhob und das Ziegelmehl im hohen Bogen vor ihnen auskippte. Eisen trabte zwischen den Plätzen eine Ebene tiefer, während ich dort pausieren musste. Außerdem joggte er von oben mit der leeren Karre wieder zurück ins Tal und überrundete mich mittlerweile regelmäßig. Ich hatte keine Ahnung, woher er die Kraft nahm. Nicht nur brachte er pro Fuhre inzwischen die doppelte Menge hinauf. Vielmehr schaffte er sogar drei Touren, während ich mich durch die zweite quälte. Vorwürfe machte er mir keine, seit er wohl spürte, dass ich seinen Wettkampf heimlich verlassen hatte, seinem Ansporn nicht mehr folgte. An seiner Strategie änderte das wenig. Ebenso hatte meine gemächlichere Gangart keinen Einfluss auf die Art und Weise, wie Hubert ihn oben empfing:

„Eisen … Materiaaaal", schallte es durch die Dämmerung, während hier und da eine Elster zeterte und ich meine Karre inzwischen regelmäßig in die Hecke setzte – der Pfad hoch zu den obersten Plätzen war unbefahrbar. Drei Schaufeln hatte ich entlang der Strecke an den glitschigsten Stellen postiert, um den frischen Sand sofort zurück in die Karre schippen zu können, wenn mir erneut ein großer Batzen herunterfiel.

„Materiaaaal! Wir sind nicht zum Eierschaukeln hergekommen."

Von Mal zu Mal wurden Huberts Sprüche derber. Es wunderte mich, wie er, Strooti und Fiete all die Mengen des roten Sandes in so kurzer Zeit auf dem Platz verteilen und walzen konnten. Doch bei jeder Ladung, die Eisen ihm anlieferte, stichelte Hubert weiter: „Was ist das denn für'n Häufchen. So werden wir hier nie fertig."

Offenkundig war der Haufen so groß wie zwei von meinen; offenkundig führte der Arbeiter den Akademiker nur hinters Licht.

In seinem Wahn jedoch, es dem blassen, alternden Mann zu zeigen, durchschaute Eisen dessen Spiel nicht. Wieder eilte er mit großen Schritten vom Platz, begann mit der leeren Karre zu joggen, verschwand hinter der Hecke und ich konnte danach – nur für den Hauch eines Momentes – ein feines Lächeln in Huberts Gesicht entdecken. Er schickte Fiete zum Hang, ließ ihn Schmiere stehen und nickte Strooti zu, der durch die Dunkelheit zum Ende des Platzes eilte, hinter einer Hecke verschwand und einen Motor, nicht aber den des zweiten Rüttlers, startete. Im Nu knatterte er auf einem Minibagger heran, schob die Haufen in wenigen Sekunden glatt und fuhr den Joker umgehend zurück ins Versteck. Sogar für eine Zigarette blieb ihnen Zeit, bis Fiete leise pfiff und Eisen zwanzig Sekunden später sichtbar gezeichnet aber dennoch mit losem Mundwerk um die Ecke kurvte.

Unten vor dem Vereinshaus flackerte eine Laterne, ansonsten lag die gesamte Anlage bald in tiefer Dunkelheit. Der Regen ließ nach, aber Hubert gab kein Signal zum Feierabend. Wieder einmal war mir Eisen weit voraus, während ich mit der Karre auf dem morastigen Pfad kämpfte, da hörte ich von oben ein helles Geschrei. Ich ließ die Holme auf der Stelle los, die Karre kippte zur Seite und verteilte das frische Ziegelmehl in die Hecke. Ich rannte den Weg hinauf, rutsche aus und landete im Dreck, rappelte mich hoch und spurtete auf den Platz, erblickte Gestalten auf dem Boden. Ineinander verkeilt flogen ihre Fäuste durch die Luft und die anderen Jungs standen bei ihnen, versuchten sie voneinander zu trennen. Fiete erntete einen Tritt in die Magengrube, stolperte rückwärts und Strooti kassierte einen Faustschlag ins Gesicht, als er sich zu tief über die Streithähne beugte. Sie schrien, wälzten sich im Regen durch das schlammige Ziegelmehl und schlugen einander ohne rechten Erfolg. Mal lag der eine oben, mal der andere. Nach wenigen Sekunden direkt auf dem Schlachtfeld erwischte auch mich ein Stiefel am Schienbein, der mich fortan humpeln ließ. Wir redeten auf sie ein, zerrten hier und da an ihnen, wenn wir einen Arm oder ein Bein zu fassen bekamen, doch es wollte nichts nützen. Allmählich wurden ihre Schläge kraftloser, die Atemstöße kondensierten in größeren Wolken über ihnen. Die Pausen zwischen ihren Hieben wurden länger und länger.

„Ach, scheiß drauf!", rief Eisen plötzlich und stemmte sich hoch, schwankte ziellos über den Platz davon in die dunkle Nacht. Nach einer Weile der Stille reichte ich Hubert die Hand. Der aber war so erschöpft, dass er liegenblieb und schwer atmete, zwischendrin hustete.

„Alles, ok?", fragt Strooti, doch Hubert winkte ab.

Ich fragte mich, was Eisen jetzt durch den Kopf gehen mochte, wohin er wohl ging, so schnell hatte ich ihn aus den Augen verloren. Vielleicht trottete er hinab zum Lkw, um sein letztes Käsebrot zu essen und einen Schluck Wasser zu trinken. Oder er setzte sich irgendwo auf eine der Bänke am Rande eines Platzes und starrte in den Himmel, der nun aufriss und ein paar wenige Sterne im Zenit freigab. Kälte machte sich überall breit. Ich streckte Hubert erneut die Hand entgegen, wollte ihn hochziehen, da heulte der Motor des Minibaggers auf und ich sah das Ungetüm Richtung Netzpfosten rattern. Wie einen dürren Ast walzte er den Pfahl aus Aluminium nieder, dröhnte direkt auf uns zu und ich rannte los, stürzte mich auf Eisen am Steuer, der direkt auf Hubert zuhielt, schlug ihm mit voller Wucht ins Gesicht und zerrte ihn vom Fahrersitz, worauf der Motor ausging. Am Boden schrie ich ihn an, dass nun Schluss wäre mit diesem Wahnsinn. Er spuckte Blut, wischte sich die Strähnen beiseite, blickte mich aus leeren Augen an, schob mich weg und stand auf, wankte ohne Worte davon.

Von da ab schwieg Eisen in unserer Gegenwart. Wir fuhren in eine Pension, die der Geschäftsführer für uns gebucht hatte. Sie lag an einem Hang am Waldrand und besaß eine kleine Kneipe, die aber wegen der Corona-Pandemie geschlossen blieb. Eisen versorgte sich die nächsten Morgen auf dem Weg zur Anlage beim Bäcker mit Vollkornbrot und Käse. Er schien den Samstagabend herbeizusehnen, an dem wir Richtung Oldenburg aufbrechen würden. Das Wetter hielt sich und wir verrichteten ohne große Worte unsere Arbeit. Der Geschäftsführer kam ein zweites Mal vorbei und drückte uns Schwarzgeld in die Hand, mir zwei Hunderter.

Niemand erwähnte die Schlägerei, jedenfalls nicht in meinem Beisein. Saßen wir in den Pausen zu fünft im Lkw, lief meistens das Radio gegen die bleierne Stille. Keiner der beiden hatte die Auseinandersetzung gewonnen, keiner verloren. Schon damals erschien mir dieser Streit sinnlos, zumal er nichts klärte, weder menschlich zwischen den beiden noch für unsere Arbeit. Ja, dieser Aufprall ihrer Charaktere lieferte ihnen nicht einmal eine heldenhafte Geschichte, die sie wie eine Beute vom fernen, geheimnisvollen Ort mit nach Hause tragen konnten, um sie im trauten Kreis als Beweis der eigenen Macht darzubieten. Es war bloß der pure Zufall, der zwei Menschen in eine nicht allzu aufregende Lage zwängte, der sie aber dennoch nicht gewachsen waren.

Beinahe hätten Eisen und Hubert bis zum Samstagabend kein einziges Wort mehr gesagt und wir hätten annehmen können, unter anderen Umständen wären die beiden einander vielleicht sogar auf vernünftige Weise begegnet. Für Sekunden wähnte ich mich auf der Rückbank im Lkw zurück in die eigene Kindheit, als die fahle Stille zwischen meinen Eltern vorne im Wagen nach erbittertem Streit eine letzte Hoffnung in mir aufkeimen ließ: Dass ein Schweigen in seiner ersten Stille auch Vorbote eines künftigen Friedens sein könne. Doch dem war nicht so und ich sollte Hubert und Eisen nie wieder treffen, weil ich es fortan nicht mehr wollte. Sie verkörperten füreinander diesen anderen Typus Mensch, diesen völligen Gegenentwurf ihrer selbst, den sie niemals akzeptieren würden, weil ihnen dazu die Größe fehlte. Hubert und Eisen waren zwei, die geboren waren, sich im Leben nie die Hand reichen zu können. Spätestens im banalsten Augenblick unserer Reise durch das Sauerland wurde es deutlich, als ein Vogel am Samstag sein Geschäft während unserer Frühstückspause direkt auf die Windschutzscheibe vor uns setzte. Hubert drehte den Zündschlüssel um, stellte den Scheibenwischer an und ließ reichlich Wasser auf das Glas spritzen. Der braune Fleck verteilte sich mit jeder Bewegung der

Wischblätter gleichmäßig ins Nichts – wie feinste Körner Ziegelmehl, die vom Regen erfasst in der Menge ihresgleichen untergehen. Ich spürte Unruhe neben mir auf der Rückbank – Eisen spuckte Brösel seines Vollkornbrots und winzige Stückchen Käse auf meine Hose und tönte abschätzig:

„Materiaaaal.“

Im Nu drehte sich Hubert um und schrie mit hasserfüllten Augen:

„Mit vollem Mund isst man nicht!“

Stein des Sisyphos

Bei gutem Wetter folgen sie dem Sonnenstand. Nach der Morgenrunde – bei der Dizzie heute zum dritten Mal fehlte und Karen ihre zweite Verwarnung erhielt – bewaffnen sich die Jüngeren mit Kaffee und Zigaretten und treffen sich draußen vor dem Haupteingang an der großen Eiche. Unter dem mächtigen Baum mit seinen sommerfrischen Blättern besprechen sie im Morgenlicht die neuesten Gerüchte, Halbwahrheiten und all das, was sich über Nacht und in den frühen Morgenstunden auch tatsächlich auf der Station A10 ereignet hat. Heute sind die Sonnenstrahlen besonders warm und hell. Die Jungs stoßen ihre Fäuste gegeneinander, stecken die Hände wieder in die Taschen ihrer Jogginghosen und blinzeln zwischen dem Qualm, den sie ausatmen, und dem hellen Licht umher. Die Frauen prüfen ihre Fingernägel und schnattern wild durcheinander. Vermutlich diskutieren sie die Frage, ob Dizzie nun gehen muss.

Dizzie, der seinen Vater umbringen will, sobald er hier wieder raus ist.

Die Älteren vom Gemischtwarenladen – wie wir unsere Station A10 nennen – folgen dem Sonnenstand im Laufe des Tages in jeder der Pausen zwischen den therapeutischen Angeboten und psychologischen Gesprächen meist im Sitzen auf einer der Parkbänke. Ich selbst stehe abseits. Banker nennen sie mich, obgleich ich draußen keiner bin, sondern Schauspieler und Regisseur, und draußen wie auch hier drinnen an jedem Tag ein frisches Hemd trage. „Hey Banker", ruft Dizzie mir morgens von der Eiche zu. „Wenn du schon nicht im Knast sitzt, gehörst du als Banker wenigstens zu den Alten auf die Bank."

Am ersten Tag fingen die anderen alle an zu lachen und ich ging auf ihn zu, erklärte ihm, mein Führungszeugnis sei einwandfrei. Ich wäre schließlich freiwillig hier, hätte nur zu viel gearbeitet, worauf die Meute erst recht zu prusten begann und Dizzie entgegnete: „Das sagen sie hier alle am Anfang … dass sie aus Versehen in der Klapse gelandet sind oder freiwillig und dass sie gleich morgen wieder draußen wären."

Heute aber fehlt Dizzie und es ist ziemlich sicher, dass er die Klinik verlassen muss.

Ich dehne mir ein wenig die Waden, um den Muskelkater in den Griff zu bekommen. Abends jogge ich die Runde bis zum Heidelbeerweg hoch, wo das Gelände der Klinik ohne Zaun oder sichtbare Grenze vor einem Acker endet und drehe dann bei, laufe entlang der Ofener Bäke zurück, die durch die lange Zeit ohne Regen trocken gefallen ist. Für einen Theatermann, dessen Radius sich sonst auf die Bühne beschränkt, ist das eine ziemlich lange Strecke, da er viel auf dem Stuhl sitzt oder bis spät in die Nacht nach all den Emotionen der Proben und Aufführungen mit den Schauspielern gegenüber in der Altstadt bei Hartmut im *Ulenspegel* bei einem Glas runterkommen will – viel zu oft in der letzten Zeit, bevor ich in die Klinik ging. Dizzie hat Recht: Selbst auf dieser offenen Station haben alle triftige Gründe für ihren Aufenthalt, niemand ist aus Versehen hier. Manchen sind Bipolare Störungen oder Narzisstische Persönlichkeitsstörungen attestiert, andere leiden an Ess- oder Sexsucht, vor allem die Frauen, die Männer eher an Alkoholproblemen oder Burn-out, gerne in Kombination miteinander. Viele sind arm, aber einige von uns auch sehr wohlhabend – anerkannte Personen der Stadtgesellschaft. Sogar drüben in der S2 bei den schweren Suchtkandidaten habe ich schon das eine oder andere stadtbekannte Gesicht aus dem Dobben- und dem Haareneschviertel entdeckt, wenn ich nach meiner Joggingrunde zum Kiosk schlendere, um mir einen Riegel Schokolade für den Abend zu kaufen, nur einen, als Belohnung für die Fortschritte an jedem meiner Tage hier. Doch allmählich wird mir klar, dass genau das eines meiner großen Probleme ist: Dass ich meine, ich müsste mich für irgendetwas belohnen, für Dinge und Erlebnisse, Freuden des Alltags, dir mir entgangen seien, die ich mir für Höheres versagt hätte. Pflaster, die ich mir verabreiche, weil meine Schauspieler mir zunehmend die Bewunderung versagen, sogar die Intendanz und mein Publikum, das mich immer seltener zu verstehen scheint, ach, was sage ich: Die gesamte Stadtgesellschaft samt Presse und Mäzenatentum scheint meine letzte Inszenierung völlig missverstanden zu haben. Zuletzt horchte die deutsche Theaterlandschaft auf. Ja, Deutschland war schuld an meiner Misere, gegen die ich nur ein Mittel kannte: den Willen zur Perfektion, den Kampf bis zum Umfallen. Natürlich ginge ich davon aus, dass meine Leistungen, meine Fähigkeiten, Begabungen und meine Kunst mehr wert seien als das Wirken und Können vieler anderer, sagte ich der leitenden Ärztin, als sie einige meiner schriftlichen Antworten hinterfragte. Wo kämen denn sonst all der Neid und die Bewunderung und das Lob und die zahllosen guten Kritiken und nicht zuletzt meine Preise her? Warum leistet sich denn unsere Gesellschaft Menschen wie mich – die dich materiell nicht sättigen – und trägt sie trotzdem auf Händen? Frau Dr. Petersen sah mir tief in die Augen, wiederholte ihre Frage mit Nachdruck: Ob ich tatsächlich der Ansicht wäre, dass meine Leistungen mehr wert seien als die der anderen? Und ich blieb dabei, wenngleich mich ihre Blicke verunsicherten.

Gegen Mittag traf ich Dizzie zum ersten Mal, hinter dem backsteinernen Haus der A10, im aufgestockten Pavillon, wo sie im Schatten sitzen und rauchen, wenn die Sonne ihren Höchststand erreicht. Im Schutz des Dachs werfen sie Kippen in ihre leeren Kaffeebecher, tratschen über Pfleger und Ärzte oder zeigen sich Profile in *Tinder*.

„Komm her!", rief Dizzie mir zu und ich schlurfte unschlüssig über den Rasen zu ihnen rüber, zögerlich und neugierig zugleich, weil sie allesamt nach White Trash aussahen, tätowierte, arbeitslose Rumhänger mit niedrigem IQ, die unsere Gesellschaft ausgespuckt hatte und die nur tindern oder rauchen und Pillen einwerfen konnten, sobald sie wieder draußen sind und diese mit Wodka auffüllen – soweit meine Vorurteile damals.

„Komm zu uns!", rief er und empfing mich mit einem forschen „Moin!", als ich mich die letzte Stufe hochquälte. Ich war noch immer wacklig auf den Beinen seit dem Zusammenbruch, der Geist erlahmt, der Körper völlig ausgelaugt.

„Ich bin Basil." Sie wunderten sich, was das für ein Name sei. Doch Dizzie bot mir einen Stuhl an, neben Karen, die mir sogleich auffiel mit ihren grünen, wehmütigen Augen, ihrem beigefarbenen Chiton über dem Oberkörper, der ihr zusammen mit braunen, kniehohen Schnürsandalen eine Aura verlieh, als lebte sie zur Zeit der griechischen Antike.

„Schnaps, Pillen oder einfach nur plemplem?", fragte Dizzie und die andern lachten.

„Pillen und Drogen waren noch nie meine Sache", antwortete ich. „Zu viel Arbeit, zu wenig Schlaf, zu viele Nächte in der Kneipe."

Nach einer Weile, in der ich ihren Gesprächen nur lauschte, weil ich mich zu schwach für eine längere Unterhaltung fühlte und inhaltlich nichts beizutragen hatte, fragte ich Dizzie dann, ob Dr. Petersen auch ihm diese Frage gestellt und immer wieder nachgebohrt habe: Ob er sich für etwas Besonderes hielte?

„Na, klar!“, antwortete er. „Das fragt sie anfangs jeden hier, der nicht depressiv ist.“

„Und was hast du geantwortet?“

„Natürlich nein!“

„Wieso? Meinst du etwa nicht, dass du irgendwas besonders gut kannst? Besser als die anderen?“

„Doch, na, klar! Ich kann ziemlich gut rechnen, wie ein Computer. Na, ja … beinahe jedenfalls.“

„313 mal 46?“, fragte Karen ihn dann und lächelte verhalten, blickte mich undurchschaubar an.

„14.398!“

„2.176 mal 598?“

„1.301.248.“

„Geteilt durch 22?“

Hier grübelte Dizzie für eine Sekunde, aber wirklich nicht sehr viel länger als diese Sekunde: „59.147 Komma Periode 63.“

„Wow!“, verzog ich die Mundwinkel. „Und warum bist du dann hier drinnen?“

„Borderline“, sagten die anderen beinahe zeitgleich. Nur Karen blieb still, sah mich aus ihren grünen Augen an, zog an ihrer selbstgedrehten Zigarette und blies den Rauch zur Seite, als wolle sie mich schützen.

Karen passt nicht in diese Sonnenrunde, die sich bei gutem Wetter gegen Nachmittag zum dritten Mal trifft, dann aber hinter dem Gebäude der A10 auf einer kleinen, von Bäumen gesäumten Wiese, um sich für eine kurze Pause zwischen den Therapien unter der sinkenden Sonne in Liegestühlen zu fläzen. Karen spricht selten, drängt sich nicht vor oder prahlt mit Liebschaften. Entsprechend tindert sie nicht, auch scheint ihre Haut – zumindest, soweit ich es sehen kann – nicht tätowiert zu sein. Karen wirkt in sich gekehrt, manchmal abwesend. Sie trägt auch keinen Schmuck, nur eine sehr filigrane Armbanduhr, deren Gehäuse aus Titan bestünde, wie mir Dizzie verriet. Karen sei Uhrmacherin.

Als ich mit Dizzie später zum Kiosk schlenderte und ihm ein bisschen aus meinem Leben berichtete, vom Unfalltod meiner Eltern und von meinem Bruder, der mit 15 an Leukämie gestorben war und dass ich mit Ausnahme einer orthodox gläubigen Tante ab dem 16. Lebensjahr ohne Familie dastand – als mein ganzes Drama seinen Lauf nehmen sollte –, da unterbrach er mich und meinte:

„Du musst dem Jungen von damals verzeihen!"

„Wieso denn das? Ich kann doch gar nichts für die Tode in meiner Familie?"

„Ganz richtig! Für den Tod deiner Eltern nicht und auch nicht für den Blutkrebs deines Bruders."

„Ich verstehe nicht, was du meinst?"

„Hör auf zu kämpfen! Pfeif doch auf die Hoffnung, dass dich das Leben für deine Mühen belohnt. Sonst wirst du niemals glücklich."

Kein Geringerer als Dizzie sagte das, 19 Jahre alt, und nach meiner Einschätzung ein ziemlich kluger Kopf, vielleicht ein wenig verwahrlost mit seiner Punk-Attitüde, dem gelben Hahnenkamm und dem vielen Metall in seiner Nase und den Ohren. Dizzie, der, wenn ich ihm nur annähernd Glauben schenken darf, von seinem Vater als Kind regelmäßig geschlagen wurde, als Jugendlicher gar mit der Peitsche. Schließlich wird sich Dizzie die Narben auf dem Rücken nicht selber zugefügt haben. Auch seine schiefe Schulter kann er sich kaum selbst zertrümmert haben, es sei denn, er hätte sich irgendwo in die Tiefe gestürzt und sei mit der rechten Schulter unterwegs an einem Mauervorsprung hängen geblieben. Ohnehin war diese Offenheit das Erste, was mir in der Klinik auffiel: Die Leute reden freizügig, zumindest offener als ich es von draußen gewohnt bin. Hier drinnen gehört es beinahe zum guten Ton, mindestens einmal vor dem Leben kapituliert zu haben. Nicht unbedingt vor dem eigenen Leben, sondern vor der Macht des gesamten Lebens, all dessen, was größer ist als man selbst.

Es ist halb neun, Zeit für meinen Töpferkurs. Ich winke den anderen zu, wünsche ihnen einen schönen Vormittag und spaziere den Weg hinunter, vorbei am Tierhof auf der linken Seite, wo ein paar der Patienten unserer Station lernen, mit Schweinen und Ziegen umzugehen, ihre Ställe zu entmisten, ihnen Futter zu geben. Auf der rechten folgt der moderne und mit einem hohen Sicherheitszaun und Stacheldraht abgesperrte Block F5, wo die Straftäter sitzen. Karen läuft vor mir mit zwei Magersüchtigen. Sie sind auf dem Weg zur Theaterpädagogik. Mich hätte das Theaterangebot tatsächlich interessiert. Ich kenne den Pädagogen, der früher selbst am Staatstheater tätig war. Aber der Besuch seines Kurses wurde mir von Dr. Petersen verwehrt. Wie jeder andere hier auch, solle ich nur Angebote wählen, die möglichst wenig mit meinem Leben da draußen zu tun hätten, sagte sie. Also töpfere ich oder bearbeite Speckstein. Die Frauen vor mir verschwinden geradewegs in die Bewegungshalle zum Theaterkurs, Karen winkt mir zu und dies soll wohl heißen, wir träfen uns zum Mittagessen wieder oder spätestens im Pavillon. Ich freue mich jedes Mal, wenn ich sie wiedersehen kann. Doch jetzt biege ich links ab in die Werkstatt, gehe durch das schmale, langgezogene Büro der Leiterin: Sabine grüßt verhalten wie an jedem Morgen und ich lächle ihr zu, anders als an den ersten Tagen, in denen ich kaum etwas empfinden konnte, so leer fühlte ich mich innerlich.

Drinnen stehen Heinz und Eske an ihren Werktischen. Eske schweigt, Heinz hingegen strahlt vor Freude und erzählt, dass wir heute unsere Gegenstände gebrannt aus dem Ofen zurückerhielten. Heinz ist mit Verdacht auf eine Bipolare Störung hier. Er hat einen großen Schmetterling modelliert, ich zwei Becher mit Henkel, Eske eine weibliche Plastik.

Sabine bringt eine Neue herein, die sich schüchtern auf einen Stuhl setzt, während Sabine eine CD einlegt, die *Sundays*, Pop-Musik aus den frühen 90ern. Hülle und Heft habe ich mir gestern genauer angesehen, weil mir die Lieder gefallen. Dann betreten noch zwei nörgelnde Jungs den Raum, die in der letzten Woche schon mal hier waren und ein älterer Herr folgt, Gerd, Studiendirektor a.D., Verdacht auf Depression.

Sabine ruft uns an den Gemeinschaftstisch und beginnt nach und nach mit jedem, der etwas sagen möchte, über den vergangenen Nachmittag und die Nacht zu sprechen. Manche hatten schlechte Träume, Eske erzählt wiederum nichts, Heinz hingegen, er hätte sich schon seit Stunden auf die Brennware gefreut. Er wolle seine Figuren schnellstmöglich glasieren und weitere modellieren, eine ganze Serie, vielleicht könne er Fotos von ihnen in seinen öffentlichen Blog stellen, sie verkaufen. Er kenne gute Leute, die ihm preiswert einen Online-Shop einrichten würden. Doch Sabine bremst ihn vorsichtig in seiner

Euphorie: Wir sollten uns die Ergebnisse beim Ofen erst einmal ansehen.

Die nörgelnden Jungs quatschen dazwischen, Sabine unterbindet das freundlich aber bestimmt und fragt nach ihrer Stimmung.

„Ja, keine Ahnung!", meint der bulligere von ihnen. „Wie immer halt. Mega-Scheiße, wenn deine Alte dich sogar hier drinnen per WhatsApp nervt."

„Was habt ihr denn heute vor?", möchte Sabine von ihnen wissen.

„Keine Ahnung, Mann! Ich brauch' den Teilnahmeschein."

„Du hattest doch die Würfel gestaltet, oder?"

„Klar, Mann!"

„Wollen wir sie uns mal ansehen?"

Er nickt und wir stehen auf, schlendern in den Werkzeugraum nebenan und von dort ein Stockwerk höher zum Raum mit dem Ofen. Sabine führt uns zum Tisch, auf dem unsere Werke zum Abkühlen stehen. Eske bricht in Tränen aus – ihre Plastik ist in drei große Teile zersprungen. Sie greift sich zwei Stücke, hält sie aneinander, nimmt das dritte Fragment hinzu und wischt sich nebenbei mit dem Handgelenk die Tränen aus den Augen.

„Wir können es kleben", verspricht Sabine. „Wahrscheinlich hättest du sie noch mehr aushöhlen müssen.

„Aber dann ist alles so leer", entgegnet Eske.

„Wir kleben sie unten in der Werkstatt und glätten die Risse. Und wenn du sie dick glasierst, wird man den Schaden kaum noch erkennen."

Ich nehme meine Becher, die den Brand gut überstanden haben, betrachte sie innen und außen.

„Der Ofen ist ja noch ganz warm“, meint Heinz und lehnt sich mit dem Bauch an die Mauer.

Die anderen greifen sich ihre Figuren, ich reiche Heinz den Schmetterling, den er – entgegen aller Vorfreude – bislang nicht beachtet hatte. Gerd, der pensionierte Studiendirektor, bleibt übrig, steht verloren in der Ecke, worauf Sabine ihn ermuntert, ein wenig vorzutreten und uns zu beschreiben, was er gestaltet hat:

„Schließlich kennt noch nicht jeder von uns deine Arbeit.“

Er schlurft zögerlich, ja schwer beladen heran, als trüge er ein Bücherregal mit sämtlichen Werken der deutschen Romantik auf dem Rücken. Seine Haut ist fahl, die Augen wirken starr, als gäbe es ringsum keinen einzigen Tupfer Farbe, der seine Blicke zu fesseln vermag. Langsam führt er eine Hand zu seinem Gegenstand auf dem Tisch, hebt ihn hoch und betrachtet ihn stumm.

„Sag uns ein paar Worte, Gerd!“, bittet Sabine ihn. „Was hat es auf sich mit deinem Werkstück?“

Einen nach dem anderen blickt er uns an, wendet die Augen dann wieder zu Sabine und zum Schluss auf jene runde Kugel auf seiner Handfläche, die außer ein paar scheinbar ungewollten – mangelndem Können oder Wollen entsprungenen – Abweichungen vom runden Ideal keinerlei künstliche, von Menschen gemachte Spuren aufweist. Scheinbar ratlos blickt Gerd uns an. Doch irgendetwas scheint tief in ihm zu stecken, das hinaus will. Etwas, das viel größeren Gewichtes ist als die gesamte Last all dessen, was in seinem Leben wohl hinter ihm liegen mag. Betrachte ich seine Augen nur genauer im Schein der Neonlampe über uns, so meine ich greifbar zu sehen, dass dort unendlich viel mehr in seiner Seele wiegt, als ich im Alltag beim flüchtigen

Blick auf eine völlig unscheinbare, graue, leidenschaftslose Person wie ihn, Gerd, auch nur annähernd vermuten würde.

„Das ist Sisyphos' Stein", sagt er dann und schweigt wieder.

„Warum hast du ihn geformt?", fragt Sabine ihn.

„Weil Camus geschrieben hat, wir müssten uns Sisyphos als einen glücklichen Menschen vorstellen. Aber ich konnte mir seinen Stein nie vorstellen. Und etwas anderes wollte mir nicht einfallen, das ich hätte modellieren können."

„Wie fühlt er sich an?", will Sabine von ihm wissen.

„Unwirklich."

„Und was noch?"

„Wirklich."

„Ich versteh gar nix mehr, Digger", sagt der kleinere der beiden Nörgler.

„Wirklich ist, dass er jetzt vor mir liegt, der Stein. Und dass ich ihn anfassen kann."

„Und was ist dann unwirklich, Digger? Bestimmt sein Gewicht, oder? Das war doch eigentlich so ein riesen Klotz, den der Grieche da oben raufkugeln musste!"

Gerd antwortet dem kleineren Nörgler nicht und Stille breitet sich im Raum zwischen uns aus.

„Verrat es uns!", bittet Sabine ihn.

Langsam legt Gerd die kleine Kugel aus gebranntem Ton zurück auf den Tisch, tritt einen Schritt beiseite und verschränkt seine Arme hinter dem Rücken. „Unwirklich erscheint mir der Gedanke über die Frage, ob seine Größe von Bedeutung sein könnte."

„Digger, siehste! Ich hab' voll Recht Mann!

„Du und Recht haben", lacht der andere Nörgler ihn aus. „Der dümmste Vollpfosten von allen."

„Stimmt!", meint Heinz aus dem Hintergrund. „Ganz klar bist du nicht."

„Ey, beruhig dich, Alter!", dreht sich der kleinere Nörgler zu ihm um: „Sonst quatschen wir gleich draußen weiter."

„Ist gut Jungs!", geht Sabine dazwischen.

„Er hat aber Recht", meint Eske darauf und ich fühle mich irgendwie berufen, den Streit zu schlichten, weil die Sache zu eskalieren scheint:

„Silentium!"

„Noch so'n Schnakker", meint jetzt der größere der beiden Nörgler. Doch dann lässt Gerd die Hände baumeln, tritt wieder an den Tisch und das Gerede verstummt. Er greift sich die Kugel und dreht sie ein paar Mal in der Hand:

„Eigentlich ist es doch völlig gleichgültig, ob der Stein nun groß und sehr schwer oder winzig klein und leicht ist, wenn es immer bei derselben Aufgabe, bei der gleichen Strafe bleibt, ihn den Berg hinaufzurollen."

„Wieso denn gleichgültig?", fragt Sabine.

„Ob ich am Tag nun fünfmal einen schweren Stein bewege und immer wieder an der gleichen Stelle von vorne beginnen muss oder ob ich einen leichten hundert Male bewege, meine Arme und Beine am Ende genauso schmerzen und ich dabei nichts anderes erleben werde bis zu meinem Tod, das ist doch völlig einerlei. Aber von Homer bis Camus haben sie alle immer wieder betont, dass die Götter Sisyphos mit einem besonders schweren Stein, einem Felsblock bestraft hätten. Und das ist bizarr."

***

„Der Gerd wird das draußen nicht packen, ich sag's euch!",
meint der größere Nörgler nach der Stunde. Gerd selbst geht
schon voraus. Ich sehe ihn am Ende des Weges schlurfen und
dann um die Ecke biegen. Eigentlich habe ich keine Lust, mit
den rauchenden Nörglern Resümee zu ziehen, doch ich will
Karen abpassen, die noch in der Bewegungshalle tanzt. Also
warte ich hier mit ihnen. Hin und wieder blicke ich durch die
Panoramafenster und folge Karens Bewegungen auf der Tanzfläche. Dafür, dass sie von sich behauptet, nicht einmal einen
Diskoswing zu beherrschen, tanzt sie ziemlich geschmeidig zur
Musik. Vielleicht ist das eines der Geheimnisse dieser Kurse:
sich Aufgaben und Dingen zu nähern, die man draußen für
ausgeschlossen hielt, sie vielleicht sogar verpönte. Vermutlich
besteht das große Geheimnis darin, dass wir hier drinnen unsere
Haltung ändern können, weil wir unser Ansehen und all jene
Positionen, die wir jemals vertreten haben, dort draußen gelassen haben. Ganz ohne Risiko kann ich Töpfern und dem
Bearbeiten von Speckstein hier drinnen etwas abgewinnen, mit
anderen Patienten darüber sprechen, ob es mir Spaß macht, ja,
dass ich es durchaus als angenehm empfinde, mit den Händen
etwas zu schaffen, was sehr wahrscheinlich keinerlei künst-
lerischen Wert besitzt – das aber ein Gefühl in mir erzeugt, das
ich gänzlich verloren hatte: Den guten Moment mit mir selbst,
den niemand von außen erkennt, der nichts Erregendes hervor-
bringt, keinen Applaus oder lobenden Bericht im Feuilleton
nach sich zieht, ja, der gute Moment, der nicht einmal dazu nütze
ist, irgendeinen Niederschlag in späteren Stücken auf der Bühne
zu finden. So wie jeder Moment, in dem Sisyphos den Stein
einen Zentimeter weiter den Berg hinaufrollt. Der Kopf wird
frei und es ist gut, die eigenen Bewegungen auf neue Art zu

spüren, seien es auch nur die Sehnen und Muskelstränge meiner Finger oder schlichtweg der gleichmäßige Atem. Wann schon habe ich zum letzten Mal meine Atmung aufmerksam verfolgt und ihr Bedeutung beigemessen? Wahrhaft ebenbürtige Bedeutung etwa zu manch einer Zeile bei Shakespeare oder Tschechow? Was war schon das Atmen, das einem vom Anfang bis zum Ende ohne eigenes Zutun gegeben war? Atmen war so bar jeder individuellen Leistung, dass es in der Welt da draußen keinen Gedanken darüber zu verschwenden lohnte.

Karen stößt die Tür der Bewegungshalle auf und lächelt mir zu, sagt aber kein Wort, verlangsamt nur ihren Schritt ein wenig, während sie an mir und den Nörglern vorüberschreitet. Ihr Blick bleibt einen Moment zu lange an mir und den beiden haften, als dass ihre Augen uns und wohl auch mich nur versehentlich gestreift hätten. „Jungs, ich geh dann mal“, sage ich zu den beiden und bin froh in diesem Augenblick, dass sie Raucher sind, ihre Zigaretten noch glühen und ihnen zwei, drei Zentimeter Tabak bis zum Filter bleiben. Ich warte ihre Reaktion gar nicht ab und schwebe förmlich an Karens rechte Seite heran.

„Hast du auf mich gewartet?“, fragt sie.

„Nein, und ein bisschen auch Ja.“

„Ich merke das wohl, dass du mich immer ansiehst, Basil.“

„Bin ich zu aufdringlich?“

„Du denkst über mich nach“, sagt sie und wirft ein Ende ihres beigefarbenen Chitons über die Schulter. „Du bist anders als die anderen, Basil!“

„Wie meinst du das?“

„Die meisten haben eine verdorbene Seele. Sie hocken zusammen und überlegen sich, wie sie die anderen übers Ohr hauen können. Aber du bist anders. Ich kann das spüren.“

„Ok!", sage ich skeptisch.

Doch ihre grünen Augen und ihr sanftes Gesicht fangen mich gleich wieder ein. „Weißt du, was jetzt mit Dizzie geschieht?"

„Nein, nicht wirklich", antwortet sie karg.

„Du weißt also was?"

„Er packt wohl seine Sachen, darf nicht mehr am Mittagessen teilnehmen."

„Was wird er draußen machen?"

„Er wird versuchen, wieder reinzukommen."

„Warum verhält er sich dann überhaupt so, dass sie ihn rausschmeißen?"

„Weil er krank ist."

„Stimmt!", sage ich und schlendere neben ihr, denke nach, was ich sie fragen könnte, ohne ihr zu nahe zu treten. Schizotypische wie Karen verliert man sehr schnell wieder, heißt es, aber sie können auch plötzlich an dir kleben, ohne dass du sie wieder loswirst. „Und du?", frage ich sie.

„Draußen, meinst du?"

„Ja!"

„Ich muss irgendwie zusehen, dass ich meinen Job wieder auf die Reihe kriege. Meine Eltern sind zu alt, sie können das Geschäft nicht mehr führen."

„Fällt dir das schwer?"

„Ich stehe nicht gerne vorne. Die vielen Fragen der Kunden und ihr Small-Talk saugen mich aus. Abends bin ich immer völlig fertig. Am liebsten bleibe ich hinten in der Werkstatt."

„Hast du keine Geschwister?"

„Einen Bruder. Aber der ist in Süddeutschland und hat Familie. Und er interessiert sich nicht für Uhren."

„Machst du den Job nur, weil deine Eltern Uhrmacher sind?"

Sie knotet das Ende ihres Chitons über der Schulter fest, da er herabzugleiten droht, hält aber Schritt und weicht auch nicht mit dem Blick vom Weg vor uns ab. „Die Zeit verbindet uns miteinander", sagt sie. „Ohne, dass wir sie sehen, hören oder riechen und schmecken können. Aber man kann so wunderbar nachdenken und träumen, während die Zeit vergeht. Ich kann mir vorstellen, was ein Mensch erlebt, wenn er eine meiner Uhren am Handgelenk trägt. Mit meiner Uhr verläuft sein Leben ein kleines wenig anders. Meinst du nicht?"

„Ich glaube nicht an sowas!"

„Ich schon. Die Kunden entscheiden sich für einen Wert, den sie tags und nachts bei sich haben. Die Zeit hat einen besonderen Wert für sie, wenn sie auf meine Uhr blicken."

„Sie entscheiden sich für ein Statussymbol."

„Dann müssten sie teure Marken-Uhren kaufen. Meine eigenen sind aber nicht gekennzeichnet, wir führen kein Signet. Die Kunden kommen zu mir, weil ich ihnen etwas geben kann, was ihnen niemand sonst geben kann. Jede Bewegung des Sekundenzeigers ist feiner und genauer, wirkt schöner über dem polierten Zifferblatt als bei vielen anderen Uhren. Wenn ein Kunde auf meine Uhr schaut, wird ihm bewusster, wie unbezahlbar jede Sekunde ist. Jede beobachtete Sekunde, die ich jedem mitgebe, der meinen Laden verlässt, fühlt sich wertvoller an. So wie ich den Zeiger zum nächsten Eichstrich überspringen sehe, mit einem feinen dynamischen Sprung, so sehen sie ihn auch und fühlen die Zeit dann so wie ich."

„Bist du dir sicher? Die meisten von uns sind doch eher hier drinnen, weil sie anders fühlen als die Norm oder nicht vernünftig mit der Zeit umgehen."

Karen reagiert nicht auf meine Kritik und spaziert weiter, wirkt etwas distanzierter als zuvor. Vielleicht aber bilde ich mir das nur ein.

Wir passieren den Tierhof, vor dem eine Ziege meckert, während eine Patientin ihr die Hinterbeine säubert. Die Sonne steht hoch und brennt auf meiner Stirn. Der Sommer ist da, die Gerüche der Tiere liegen schwer in der Luft. Karen hat keine voll ausgebildete Persönlichkeitsstörung, betont sie. Es seien nur schizotypische Verhaltensmuster, an denen sie jetzt stark arbeiten müsse. Denn kombiniert mit einem Burn-out seien sie nicht ungefährlich.

„Du musst dir keine Sorgen machen", fährt sie fort und ihr hochgestecktes, schwarzes Haar glänzt bläulich in der Sonne. „Ich habe keine Wahnvorstellungen oder so. Trotzdem hat es einen Grund, dass wir uns hier treffen."

„Wie meinst du das."

„Du spürst das so wie ich … dass wir von der Zeit durchdrungen sind. Dass sie uns verbindet, wie ein großes Gewebe. Und du bist sentimental, so wie ich."

„Aber wir kennen uns kaum", entgegne ich nun doch im Gefühl, dass Karen ein wenig gaga ist. Aber wer ist das nicht. Karen wirkt so außerordentlich attraktiv unter ihrem biblischen Schick. Neben ihr durch die ewige Sonne zu spazieren, vorbei an Tieren und Ställen, direkt auf einen steinernen, heißen Platz zu, an den eine altertümliche Werkstatt grenzt, all das scheint auf das wahre Leben gerichtet zu sein: Kein Motor dröhnt, kein Handy klingelt, keine Talk-Show benebelt den Geist und nirgendwo ist Werbung zu sehen, Gedudel zu hören, auch verhallt jede Pöbelei einer jeden verkümmerten Seele in den Sozialen Medien weit vor den Toren dieser Klinik, zumindest für mich.

Mitten in diese labende Stille verströmt meine Begleiterin eine Aura, als könne sie uns in das Evangelium führen – nur sie in ihren ledernen Schnürsandalen mit mir auf dem Weg zum Glück.

„Komm schon, trödle nicht so rum!", meint sie und blickt im Gehen kurz über ihre Schulter zurück, da ich langsamer werde, warum, das weiß ich nicht. „Komm schon, wir müssen zum Essen!"

„Aber wir haben doch noch eine halbe Stunde."

„Wir gehen vorher zum Pavillon. Ich muss aber meinen Tabak holen … hab' ich auf dem Zimmer vergessen."

Ihre Augen glänzen magisch in der Sommerhitze. Sie legt eine Hand flach an die Stirn, um ihren Blick zu schützen. Vielleicht kann ich heute neben ihr sitzen, im Speisesaal, auch wenn die anderen sich vermutlich die Mäuler darüber zerreißen werden.

„Komm schon!", winkt sie und dreht sich wieder um, läuft voraus über den Platz mit der großen Eiche und öffnet die Tür zum Haus der A10. Sie lässt mir den Vortritt und ich lächle sie an, während plötzlich große Unruhe aus dem Trakt zu uns dringt.

„Lasst mich los, ihr Schweine! Ich komm ja schon mit."

Es ist Dizzies Stimme, wir eilen die Stufen hoch, biegen vorm Speisesaal rechts ab in den langen Flur und sehen ihn auf dem Boden, gehalten von zwei der kräftigsten Pfleger. Ein paar Schritte dahinter stehen die Leiterin der Station und Dr. Petersen. Die Pfleger zerren Dizzie hoch und schleppen ihn an uns vorbei.

„Hey Banker, pass mir bloß auf Karen auf. Sie hat das beste Herz auf Erden." Sie zerren ihn weiter, vorbei am Speisesaal und hinab in den Vorflur, während er immer wieder schreit, sie sollten ihn endlich loslassen, er käme ja freiwillig mit. Dann fällt die Tür ins Schloss und es wird still. Die Stationsleiterin ist schon in ihr Zimmer gegangen, nur Dr. Petersen steht da, allein, beinahe verloren. Ihre Hände stecken unschlüssig in den Außentaschen des weißen Kittels.

„Was hat er denn verbrochen?", will Karen von ihr wissen, doch Dr. Petersen schüttelt sachte den Kopf:

„Das darf ich Ihnen nicht sagen, das wissen Sie doch."

„Und was passiert jetzt mit ihm?", hake ich nach.

„Wir müssen ihn auf die A7 verlegen."

„Geschlossene", sagt Karen etwas kühl.

„Ja, leider!", entgegnet Dr. Petersen und zieht ihre Hände aus den Taschen: „Er schien auf einem ganz guten Weg zu sein."

Betrübt schreitet sie ohne weitere Worte den Gang hinunter zum Ausgang. Erneut schlägt die Tür ins Schloss und der Flur ist wieder von Stille durchdrungen. Karens Augen wirken groß, ihr Blick fesselt mich und ich spüre, dass wir uns auch draußen in der wirklichen Welt weiter treffen werden. Ich trete dichter an sie heran und spüre ihren frischen Atem, den Duft ihrer Haare.

„Was hat er denn gemacht?"

„Wahrscheinlich irgendwo an sich herumgeschnippelt. Oder mit einem Messer gespielt, während sie ihn beobachtet haben."

„So ein Kandidat ist er doch eigentlich gar nicht."

„Nein! Aber vielleicht hat er beim Kofferpacken Angst bekommen, dass er seinem Vater doch was antun könnte. Und deswegen hat er es vorgezogen, noch eine Weile zu bleiben."

„Und du?", frage ich.

„Was ist mit mir?"

„Was wirst du tun, wenn du wieder draußen bist?"

„Ich suche mir einen Verkäufer, damit ich nicht mehr vorne mit den Kunden reden muss. Ich werde mich auf das konzentrieren, was ich am besten kann. Und du?"

„Keine Ahnung!“

„Ganz sicher?“

„Ich weiß eigentlich nur, dass meine Zeit im Theater vorbei ist.“

„Dann kommt halt eine neue Zeit“, sagt sie mit einem Lächeln vollkommener Sicherheit und nimmt meine Hand.

„Du hast Recht!“, sage ich zu ihr. „Man muss die Steine ja nicht immer auf den gleichen Berg hochschleppen.“

Café am Lefferseck

Am Lefferseck entscheidet die Herkunft der Menschen, ob sie über die Lange Straße bummeln oder in die schmalere Achternstraße biegen. Doch heute ist die Stadt bei Einbruch der Dämmerung leer, nur zwei graue Passanten mit Regenschirm eilen unter dem Sprühregen vorbei am Café. Montag früh räumte der Wirt die Stühle und Tische hinein und schloss die Türen zum zweiten Mal in diesem Jahr dauerhaft ab. Seither ist es still geworden am Lefferseck, wo sonst das Leben so fröhlich pulsiert. Nur ich sitze hier im Regen, auf der kreisrunden Bank, rauche eine Zigarette und blicke auf meinen Geigenkasten.

Drüben, in der bürgerlichen Langen Straße, gingen die Leute bis zum ersten Lockdown paarweise vor dem Wandbild des Großherzogs flanieren. Schon damals mit Abstand zu den Menschen, aber nur, um besser gesehen zu werden. Die Achternstraße in meinem Rücken jedoch ist klein, verwunschen und normalerweise dicht von Menschen gesäumt – eine schmale Ader, in deren Strom du schlagartig verschwinden kannst. Doch beide Wege Richtung Markplatz sind menschenleer, seit Montag die zweite Kontaktsperre zum Schutz vor dem Virus verhängt worden ist.

Ich atme tief ein und blase den Rauch in die triefende Luft. Ein paar Minuten bleiben mir noch bis zum Unterricht. Vielleicht lässt der Regen nach und ich komme halbwegs trocken bei der Familie Seitz an. Ida spielt sich bestimmt schon warm, das macht sie grundsätzlich. Sie und ein paar weitere Kinder halten mich über Wasser. Seit dem Frühjahr darf ich bei den Seitzens unterrichten, nachdem die Behörden nahezu alles verboten hatten und meine Nachbarn drohten, mich dem Ordnungsamt zu melden, wenn ich weiterhin Schüler empfinge. Also spielte ich damals allein auf der Straße. Doch dann – zum Glück – stand Ida eines Tages vor mir. Fortan war ich Lehrer in ihrem Haus. Ich klingele am Seiteneingang in der Kleinen Kirchenstraße, vergewissere mich zuvor, dass keiner auf der Straße mich und meinen Geigenkasten sieht, gehe im schmalen Innenhof die Stahltreppe hoch und klopfe beim ersten Stock an die Tür. Zu fast jedem Besuch luden mir Ida und ihre Mutter anfangs neue Kinder ein, die Geige lernen wollten … in unserer geheimen Corona-Musikschule gegenüber vom Rathaus, dem bürgerlichsten Ort der Stadt, der im Lockdown zur subversiven Frontlinie der Kulturbeflissenen mutierte, montags bis freitags, angeführt von einer elfjährigen Jeanne d'Arc namens Ida Seitz. Eine kindliche Wunderdame mit blondem Knoten, die sich ihre Geigenstunde inmitten einer tonlosen Ära erkämpfte und dies, obgleich die Kanzlerin, der Ministerpräsident, der Oberbürgermeister und sein Ordnungsamt das anders sahen … mit dem häuslichen Musikunterricht durch private Lehrer. Und so übt Ida – all ihren Nachbarn offiziell verkündet – stetig auf der Violine gegen jene Langeweile an, die sie durch die geschlossene Schule und abgesagtes Ballett an fünf Nachmittagen pro Woche befällt, während in Wahrheit doch alle 45 Minuten ein Oldenburger Kind nach dem nächsten über den Seiteneingang das Haus der Familie Seitz betritt und wieder verlässt.

Ich drücke die Zigarette aus, greife meinen Geigenkasten und marschiere los durch den unentwegten Regen. Heute wähle ich wieder die Lange Straße – das mache ich seit dem ersten

Lockdown so. Bei jedem meiner Gänge in die Stadt muss ich an diesen Spruch meiner Großeltern denken, den sie damals im Beisein meiner Cousine Marlen vor dem Café deklamierten, als wir unser Eis leckten und unter dem Tisch mit den Füßen kabbelten: Die Herkunft der Menschen entscheide darüber, welchen Weg sie am Lefferseck nähmen. Mein Großvater begann und Großmutter kleidete den Spruch mit heute rundweg unkorrekten Bildern aus, während sie den Passanten nachsah und über diesen oder jenen von ihnen ausführlich urteilte.

Ich halte kurz an, blicke hoch durch den Niesel auf die seitliche Fassade des Eckhauses zur Kurwickstraße: Anton Günther, Reichsgraf von Oldenburg zur Zeit des 30-jährigen Krieges, thront dort auf seinem Pferd an die Wand gezeichnet. Der Monarch soll die Stadt vor den Geschützen der katholischen Liga und kaiserlichen Armee bewahrt haben, indem er ihnen seine Pferdezucht überließ. Eine Katze streunt unter dem übermannshohen Bild am Sockel des Bürgerhauses, sie schmiegt sich an die trockenen Ziegel, stoppt und beäugt jene Stelle des Pflasters, auf die ein großer Strahl Regenwasser aus der meterhohen Dachrinne prasselt. Die Katze ziert sich, auf die Straße in den Regen auszuweichen, blickt an der Backsteinmauer zum Reichsgrafen hoch, dann hinter sich in jene Richtung, aus der sie gekommen ist. Unschlüssig macht sie einen Buckel und verharrt auf dem Fleck, während ich weitergehe, die Lange Straße hinauf bis zu Onken, dem alteingesessenen Laden für Bürobedarf. Bis vor wenigen Tagen stand Seifu Allah dort bei fast jedem Wind und Wetter mit seiner Kapitänsmütze und pries mit rauer Stimme sein Straßenmagazin für einen Euro an. Ende Oktober ist er gestorben. Ich weiß nicht, ob das Virus ihn besiegt hat. Ein Kulturfreund hat in der Zeitung über seinen Tod geschrieben, um an ihn zu erinnern. Weiter die Straße hinauf, kurz vor dem Seitz'schen Haus, steht Waldemar für gewöhnlich. Seine Saiten sind offen gestimmt, er greift sie nur mit dem Daumen. Die Gitarre hängt er sich flach vor den Bauch, bläst dazu Mundharmonika und singt alte Schlager. Mit viel Hall schickt er seine Lieder durch einen winzigen Verstärker und die Leute werfen ihm gerne Geld in den Gitarrenkoffer, weil er Waldemar ist, das Original. Wo er sich momentan aufhält, seit der zweiten Kontaktsperre, das weiß ich nicht, auch nicht, was aus Chris Delmore geworden ist, der hier eine Zeit lang mit dem Banjo saß.

Vielleicht rauche ich eine zweite Zigarette, mir bleibt noch ein wenig Zeit. Bis zum Seiteneingang der Familie Seitz sind es wenige Meter. Gegenüber steht das dreieckige Rathaus, links daneben führt das Kopfsteinpflaster am Markt vorbei zu jener Stelle, an der die Achternstraße auf den Platz mündet. Seit dem ersten Lockdown habe ich sie gemieden. Nicht, weil sie mir vorne am Lefferseck zu einsam erschienen wäre, schließlich wirkt sie nicht leerer als die Lange Straße. Nein, es waren die vielen Telefonate mit meinen Künstlerfreunden seit Beginn der Corona-Krise, die mir Angst vor der Achternstraße machten. Gespräche darüber, ob unser Leben als Musiker, Schauspieler, Literat oder Zauberer – wie im Falle meines Freundes Felix – für immer verloren wäre, wenn das Virus und die Entscheidungen der Behörden uns das Publikum für lange Zeit nähmen. Es war die Unwägbarkeit, wie weit das Ersparte für die Miete, für Kinder und Essen reichen würde, die Frage, ob wir es bis zum Ende der Pandemie schaffen oder die Menschen sich gar an ein Leben ohne Kultur gewöhnen würden. Ob wir in die Schwarzarbeit gingen oder zum Amt, wo wir unsere Mittellosigkeit zu offenbaren und um Almosen vom Staat zu betteln hätten, weil es verboten war, aufzutreten oder Unterricht zu erteilen. Denn von der Achternstraße zweigt jene Zeile ab, die geradewegs zum Amt für diesen Offenbarungseid führt. Zwar liegt die Behörde einige hundert Meter entfernt und wird von anderen Gebäuden verdeckt. Doch schon an der Ecke – da war ich mir sicher – würde ich sie tief in mir fühlen, diese Behörde.

Stattdessen hielt ich jeden Tag vor dem leeren Café am Lefferseck, legte meinen Geigenkasten auf den Boden, nahm die Violine heraus und spannte den Bogen, dachte zurück an die Worte meiner Großeltern, die vor über vierzig Jahren mit mir und meiner Cousine nur wenige Schritte weiter bei Kaffee und Eis auf den Stühlen saßen. Jeden Tag habe ich bis in die Dunkelheit gespielt und bin am Ende mit zwanzig, dreißig Euro nach Hause gewandert. Zum Schluss war es beinahe gleichgültig, ob ich dort allein für mich und die ausgestorbene Stadt musizierte. Doch am Karfreitag stand plötzlich Ida vor mir und zerrte ihre Mutter heran. Karsamstag kam sie wieder und auch Ostersonntag. Ich spielte Mendelssohn und Schumann für sie, und natürlich Ravel. Am Ostermontag blieb sie für eine halbe Stunde und warf mir dreimal Geld in den Kasten. Beim vierten Gang auf mich zu zerrte sie ihre Mutter hinter sich her, knuffte sie in die Seite und sagte mit kräftiger Stimme:

„Nun sag's ihm schon, Mami! Sonst sag ich es."

Für einen Moment zögerte Frau Seitz, trat näher heran: „Sie möchte Unterricht bei Ihnen nehmen. Darf ich fragen, wie sie heißen?" Und dann begann Ida zu strahlen, als sie erkannte, wie sich meine Stimmung aufhellte und meine Augen vermutlich glänzten.

„Er kann doch gleich mitkommen", meinte sie. „Hier geht's lang, die Lange Straße hoch", stapfte sie davon, während ihre

Mutter schmunzelte und mich fragte, ob ich ein zuverlässiger Mensch sei.

Unter all meinen Schülern der vergangenen zwanzig Jahre besitzt Ida das größte Talent und ihre Begabung ist gepaart mit starkem Ehrgeiz. Sie zieht oder schleift den Bogen nicht über die Saiten, wie viele Kinder es tun, wenn sie mit dem Unterricht beginnen. Ida führt ihn sicher und hält konstant den Druck. Ihr Ton ist kräftig und doch voller Gefühl. Ich bin zuversichtlich, dass sie ihren Weg machen wird. Ja, es ist mein Wunsch, sie eines Tages auf der großen Bühne im Staatstheater zu sehen – bei den ersten Violinen, vielleicht mit einer kleinen Solopartie. Und wenn ich ehrlich bin, so wünsche ich ihr jenen Teil meines musischen Weges, den ich selber nie zu Ende gegangen bin.

Ich weiß nicht, was mich als Kind in die Musik getrieben hat. Vielleicht war es Auflehnung gegen den Lebensentwurf meiner Großeltern und jenen meines Vaters und der Mutter. Wahrscheinlich war es bloß ein Mangel im Gefüge meines Charakters. Wer will das am Ende schon wissen, wenn man ein sinnerfülltes Leben führt, ohne anderen dabei zu schaden. Insgeheim hoffe ich nach wie vor, in meinem Schaffen von anderen erkannt und wertgeschätzt zu werden. Viele Künstler haben in ihrem Leben sicherlich mehr Applaus erhalten als ich. Und ich gebe zu, manchmal war ich vor Neid über ihre Erfolge innerlich grau. Doch uns allen ist die Bühne genommen worden und mit ihr das Ansehen. Viele haben ihre Existenz verloren, manche ihre Würde, weil sie putzen gehen mussten oder den Behörden ihre Bedürftigkeit zu erklären hatten, wollten sie ihre Wohnung halten und nicht obdachlos werden. Es mag sein, dass sie diese Erniedrigung vor weiterer, staatlicher Kälte schützt und zugleich ihr nacktes Dasein rettet. Einige von uns wird die Pandemie in

ein anderes Leben führen, sofern sie gesund bleiben. Manche
kehren vielleicht zurück auf die Bühne. Ich hoffe, sie alle werden
für ihre Mühen mit großem Applaus bedacht. Mir aber schickte
das Schicksal im Verborgenen eine kleine Jeanne d'Arc und ihre
Familie. An einem frühlingshaften Montag vor dem Café am
Lefferseck haben wir gemeinsam beschlossen, den Staat zu
betrügen – um der Kultur Willen und unserer Seele zuliebe. Und
in vergleichbarer Lage würden wir es jederzeit wieder tun.

Das unentdeckte Land

Kann der nicht woanders stehen?"

Schon gestern und vorgestern bin ich über den Fuß des Klingonen im düsteren Flur gestolpert. In der Linken halte ich Thanos' gekühlte Medizin, mit der rechten Hand fange ich mich an der Wand ab.

„Nein, Ophelia! Der Klingone bleibt da, wo er ist!", mault er vom Schlafzimmer zurück.

Thanos hat Zeitschaltuhren für die Deckenlichter installieren lassen. Er spart jeden Cent für seine Bestattung. Den Stromanbieter hat er zu seinem ärgsten Feind im Kampf um einen würdigen letzten Akt erklärt, auch wenn ihm vermutlich noch ein paar Jahre bleiben. Thanos hat Amyotrophe Lateralsklerose im fortgeschrittenen Stadium. Wenn ich seine Wohnung abends gegen sieben Uhr betrete, drücke ich sofort den Lichtschalter, rufe ein Hallo zum Ende des Flures, wo sein Schlafzimmer angrenzt, stehe nach wenigen Sekunden wieder im Dunkel und suche mühsam einen freien Haken an der Garderobe für meine Jacke. Die nächsten Schritte bis in die Küche gehe ich quasi blind, bis ich den Kühlschrank erreiche. Zum Glück hat Thanos die Glühbirne unter dem Eisfach nicht herausdrehen lassen. Die Fläschchen mit seinen Tropfen stehen neben dem Saft.

Wegen des Klingonen habe ich mir angewöhnt, keinen Schritt zu viel in Thanos' Wohnung zu machen. Die Medizin bringe ich gleich auf dem ersten Weg zum Schlafzimmer mit. Bis zu Thanos' Schwelle folgt kein weiterer Lichtschalter im Flur und hinter der Ecke wartet dieser zwei Meter hohe Star-Trek-Krieger, über dessen Füße ich in der Dunkelheit immer wieder stolpere.

„Bin gleich bei dir", sage ich.

„Keine Eile!", ruft Thanos.

Zum Glück bin ich nur 1,60 Meter groß, stoße mir nie den Kopf bei meinen Kollisionen mit Lieutenant Worf und fange den ungewollten Schwung ob meiner wenigen fünfzig Kilo immer gut ab. Keines der Fläschchen ist mir bislang zu Boden gefallen.

„Grüß dich, Ophelia!", singt Thanos nahezu feierlich und zwinkert mit seinen Augenlidern.

Ich stelle die gekühlte Medizin auf sein Nachtschränkchen und bleibe zunächst am Bettrand neben ihm: „Wie war dein Tag?"

„Oh, prima!", antwortet er spöttisch. „Ich hab' Star Trek gesehen, Das Unentdeckte Land."

„Das ist ja mal was ganz Neues", sage ich und lächle, löse seine Hand von der festgeklebten Fernbedienung, schalte den Fernseher aus. Die Finger kann Thanos bewegen, auch seinen Kopf und ein wenig die Schultern. An Nacken und Rücken hebe ich ihn an, werfe das alte Kissen auf den Stuhl am Fußende und schiebe ihm das neue unter den Kopf. Dann lasse ich ihn langsam zurück auf den frischen Stoff sinken, blicke ihm in die Augen: „Du sollst mich nicht ständig Ophelia nennen!"

„Ich werde es mir überlegen", grient er und berichtet weiter aus dem Film.

Ich gebe ihm zwanzig Tropfen der Medizin in sein Plastikschälchen, führe es an seine Lippen und er schluckt es runter. Dann greife ich mir seine Packung *Rilutek*, drücke eine Tablette heraus, lege sie ihm auf die Zunge, hebe seinen Kopf ein wenig

an und reiche ihm Wasser an den Mund und warte, bis Thanos
die Pille im Magen hat.

„Ophelia?“

„Ja, Thanos?“

„Es gibt zwei Dinge, die heute Abend wichtig sind.“

„Und die wären?“

„Zuerst die gute oder die schlechte Nachricht?“

„Wie immer“, sage ich, „zuerst die schlechte.“

„Die Flasche ist voll.“

„Oh, nein! Das ist nicht dein Ernst, Thanos! Ich hab‘ sie
doch vorgestern geleert.“

„Doch, doch, sie ist voll.“

„Ach, Mist! Und die gute Nachricht?“

„Wir gehen aus.“

„Wohin?“

„Tanzen!“

„Das geht nicht. Die Klubs sind zu … wegen Corona.“

„Stimmt! Aber wir müssen feiern.“

Und dann fällt es mir wieder ein: „Entschuldige, Thanos! Alles, alles Gute zum Geburtstag!“

„Jetzt plustere dich nicht so auf!“, sagt er in seiner herben,
freundlichen Art. „Dann müssen wir beiden Hübschen uns eben
was anderes ausdenken. Vorschläge?“

„Ich fahre dich spazieren.“

„Das macht schon der Tagesdienst“, murrt er. „Ich kann den
Wunderburgpark nicht mehr ausstehen.“

„Dann fahre ich dich halt woanders hin. Ideen?“

„Ich muss überlegen“, sagt er.

„Na, dann“, entgegne ich leicht gequält, „wollen wir dich
erstmal auf die Seite drehen.“

Ich schlage das Bettdeck über und greife Thanos so, dass ich ihn auf die Seite drehen, ihm die Windel entfernen und ihn hinten waschen kann. Währenddessen beginnt er mir die Geschichte vom Unentdeckten Land in den spannendsten Auszügen zu erzählen: dass der Darsteller von Lieutentant Worf in dieser Kino-Folge auch den Großvater des Klingonen spielt und die Explosion eines Mondes zu einer Energiekrise führt, die alle Klingonen zum Friedensschluss mit anderen Völkern zwingt. Ich werfe die Windel und die benutzten Tücher in den Eimer, nehme mir eine neue, dazu frische Unterwäsche und lege sie an, drehe Thanos wieder auf den Rücken, fahre das Kopfende hoch, um ihm das Oberteil überzustreifen – Thanos möchte immer zuerst am Oberkörper frisch bekleidet sein.

„Den linken Arm, bitte!", sage ich.

„Dann den rechten", fährt er fort.

„Und an der Seite zuknöpfen."

Ich stelle ihm die Beine auf, ziehe Unterhose und Hose bis zu den Knien, nehme den Seilzug zur Hilfe, hebe seinen Rumpf ein paar Zentimeter und streife beide Kleidungsstücke nach und nach über das Gesäß, lasse ihn wieder ab.

„Heute trage ich die bunten Socken."

„Diese Clowns-Socken?"

„Genau die!" Ich gehe zum Schrank, finde sie oben rechts im Fach und kehre zurück, während er seine Star-Trek-Geschichte allmählich zu Ende bringt.

„Siehst du! Sie passen mir ganz ausgezeichnet", meint er und lugt zwischen seinen Oberschenkeln durch."

„Ist der Akku vom Rollstuhl aufgeladen?", frage ich.

„Er hängt doch seit gestern am Netz. Der Tagesdienst hat ihn nicht abgeklemmt."

„Stimmt! Und das Atemgerät am Rollstuhl?"

„Müsste auch geladen sein", meint Thanos. „Aber die Sache mit der Flasche müsstest du noch regeln. Oder willst du das nachher machen, wenn wir zurück sind?"

„Wie lange willst du bleiben?"

„Bis wir keine Lust mehr haben", sagt er trotzig.

„Dann machen wir sie vorher ganz voll!"

„Wenn du meinst!"

Ich streife mir Einmalhandschuhe über, öffne den Deckel der Schale auf dem Nachttisch und greife mir den Katheter, stecke ihn auf den Schlauch und führe ihn Thanos' vorsichtig in das rechte Nasenloch, drücke den Taster und der Apparat beginnt zu schnorcheln. Dann wechsle ich die Seite, befreie Thanos auch in Mund und Rachen vom Schleim und Speichel, den er nicht mehr richtig abhusten oder schlucken kann und schalte das Gerät wieder aus. Dann hebe ich die Flasche vom Boden hoch, schleppe sie mitsamt der Peripherie ins Bad, öffne den Klodeckel und schraube den Verschluss mit Schlauch und Katheter ab, worauf im Nu der ranzig, bitter-muffige Geruch die Luft verpestet. Ich schmeiße den Schlauch ins Waschbecken, knie mich auf den Boden, umfasse die zwei Liter große Flasche mit beiden Händen, blicke hinaus in den Flur und kippe die Brühe hinter mir ins Klo, wodurch der Gestank im großen Schwall den ganzen Raum durchseucht. Wie immer taste ich ohne hinzusehen nach dem Abzug, höre die Klospülung rauschen, stehe auf und sprühe die Schüssel mit Chlorreiniger aus, bürste alles sauber, während ich mit der freien Hand meine Nase zuhalte. Danach kommt die Peripherie dran, für die ich keinen scharfen Reiniger verwenden darf. Ich hole mir das medizinische Desinfektionsmittel, lasse heißes Wasser laufen und spüle alles

gut durch. Zum Schluss muss ich erneut die Zähne zusammen-
beißen: Auch die Flasche selbst muss gereinigt werden. Das er-
ledige ich meistens in der Dusche.

„Und? Lebst du noch?", ruft Thanos vom Schlafzimmer aus.

„So halb", antworte ich.

Zurück bei ihm klemme ich die Sachen wieder an die Basis-
station und blicke ihm tief in die Augen: „Hast du dich jetzt entschieden, wohin du willst?"

„Zum Utkiek, da waren wir schon lange nicht mehr."

„Das ist nicht dein Ernst?"

„Doch, natürlich!"

„Dann muss ich dich am Ende wieder nach Hause schieben."

„Keine Sorge, Ophelia! Ich fahre sparsam. Und wenn du mir
hilfst, habe ich eine schöne Überraschung für dich … wenn wir
wieder zu Hause sind."

„Na, dein Wort in Gottes Ohr! Aber mit Schal und Mütze,
es ist nochmal kalt geworden", sage ich und gehe in den dunklen
Flur, vorbei an Lieutenant Worf und biege ins Wohnzimmer ab,
stelle dort das Licht an, hole den Rollstuhl. Der Akku ist tatsächlich voll aufgeladen, zuschalten werde ich den Motor allerdings erst, wenn wir unten an der Straße sind. Auch das Display
des Atemgeräts zeigt volle Ladung.

„So, da wären wir!" Ich parke den Rollstuhl seitlich am Bett,
trete die Bremse und fahre Thanos' Oberkörper noch ein Stück
vor, ein wenig müht er sich mit dem Kopf und ruckelt mit den
Schultern, will helfen. Stabil halten kann er seinen Rumpf aber
nicht mehr. Ich breite ihm das Hebetuch hinter dem Rücken aus,
ziehe es an den Hüften stramm, führe die Enden unter seinen
Oberschenkeln durch und kreuze sie ihm über der Brust, klinke
dann die Karabiner oben in der Stange ein.

„Startklar?“

„Ready for Take-off!“, antwortet er und ich schalte den Kran ein. Langsam hebt Thanos von der Matratze ab und ich führe ihn bis über die Sitzfläche des Rollstuhls, stoppe den Motor kurz und senke Thanos vorsichtig ab, bis er mittig sitzt und will ihn vom Tuch befreien, da schüttelt er den Kopf: „Heute nicht. Wir lassen es dran.“

„Wieso?“

„Wirst schon sehen. Die Karabiner nehmen wir auch mit.“

„Na, gut!“, sage ich und löse sie mit dem Tuch von der Stange, verstaue alles neben seinen Hüften und schnalle Thanos mit dem Hüftgurt des Rollstuhls fest.

„Danke! Und jetzt die Jacke!“, sagt er.

Ich schiebe ihn in den Flur, lege ihm die Jacke über den Rücken, führe ihm den rechten Arm hinein, anschließend den linken und frage, ob wir loswollen.

„Na, logisch!“, lächelt er und verlangt, ihm den Schal und die Mütze anzuziehen. „Und die Fingerhandschuhe, bitte!“

Kurz darauf werfe auch ich mir den Mantel über, schlage den Kragen hoch und schiebe Thanos raus auf den Flur, verschließe die Tür hinter uns.

„Warm genug eingepackt?“

„Es kann nie warm genug sein, Schätzchen“, frotzelt er.

„Alles klar, mein Krieger!“ Inzwischen haben wir ein Arrangement für unseren Umgangston, solange er mich nicht Ophelia nennt.

Draußen weht ein scharfer Wind. Es ist knapp über null Grad und die Sterne leuchten am Himmel. Die Laternen entlang der Wunderburgstraße werfen schmale Schatten auf den Asphalt. Nach einigen Metern wechseln wir die Straßenseite und biegen in die Burmesterstraße ein. Thanos fährt durch die Dunkelheit voraus, seine Scheinwerfer erleuchten einen guten Meter des Bodens, die Rückleuchten schimmern rot in der Nacht. Vor uns liegt die Unterführung der Autobahn. Jenseits der Trasse beginnt der Utkiek, früher die größte Mülldeponie der Region, heute ein Park mit drei Hügeln, deren nördlichster mit knapp dreißig Metern über Normalnull die höchste Erhebung der Stadt bildet. Als Thanos noch problemlos gehen konnte – vor über fünfzehn Jahren –, hat er diesen Weg unter der Autobahn durch und an der Müllhalde vorbei jeden Tag genommen, um zur Arbeit zu gelangen. Er war Ingenieur beim notleidenden ACC-Werk weiter südlich an der Klingenbergstraße. Ein paar hundert Beschäftigte montierten nach dem Millennium dort Motoren in Waschmaschinen. In den besten Zeiten, Anfang der 70er Jahre, arbeiteten viereinhalb Tausend Menschen in den Hallen. Schon Thanos' Vater war dort beschäftigt, nachdem sie Ende der 60er Jahre aus Thrakien eingewandert waren, ein neues Glück im starken Deutschland suchten, das damals aus vielen Ländern Arbeitskräfte anwarb. Doch die Familie Michailidis brachte ihr Schicksal aus Griechenland mit: Alle Männer sollten früher oder später an Amyotropher Lateralsklerose erkranken und sterben und Thanos' Mutter verlor an einem regnerischen Samstag im Herbst 2012 ihr rechtes Bein unter einem Bus vor der Haltestelle am Pulverturm.

„Viele Lichtjahre von der Erde entfernt dringt die Enterprise in Galaxien vor, die nie ein Mensch zuvor gesehen hat."

Thanos nutzt den Hall der Unterführung – seine schwache Stimme erstarkt zu ungeahnter Kraft. Dazu grinst er mich aus den Augenwinkeln an.

„Rechts oder links?", frage ich.

„Rechts!", antwortet er und drückt seinen Steuerhebel nach vorn, zieht mir davon, nutzt die gesamte Breite der ehemaligen Zufahrt zur Deponie, indem er beliebig Schlenker fährt und ein griechisches Lied zu Ehren der Mütter anstimmt. Elena, seine Mutter, habe ich im ersten Jahr bei ihm kennen gelernt. Als sie ihren Sohn in guten Händen wusste, ging sie ins Heim. Seit der Corona-Pandemie darf Thanos sie zum Schutz vor Infektionen nicht mehr besuchen. Jede neue Verordnung der Regierung lese ich ihm vor. Im Fernsehen verfolgt er gebannt die Nachrichten und sehnt den Moment herbei, Elena wiederzusehen.

Letzte Woche wollte er wissen, ob die Klubs wieder öffnen. „Ophelia!", schwärmte er mich an, als ich das verneinte. „Jetzt macht es keinen Unterschied mehr, dass ich ein Krüppel bin. Keiner kann dich im Tanz entführen, außer mir."

Vor der Pandemie sind wir einmal im Monat ausgegangen, so, wie er sich das heute für seinen Geburtstag gewünscht hätte. Meistens waren wir im *Studio B*, obwohl wir Techno- und House-Musik weniger mögen. Doch der Klub ist halbwegs barrierefrei. Schnell waren zwei, drei starke Jungs zur Hand und haben Thanos samt Rollstuhl die Stufen im Eingang runtergetragen. Auf der Tanzfläche fährt er einen halben Meter vor, dann wieder zurück, schlägt manchmal Haken und dreht anschließend Pirouetten, ehe er von vorne beginnt. Manchmal setzt er schlagartig zurück und verschreckt die Tanzenden hinter sich, die schreien, er könne sie rammen oder gar mit dem Rollstuhl umfallen. Kurz vor dem Aufprall allerdings schlägt der Sensor Alarm, worauf Thanos eine Vollbremsung hinlegt und grient: „Ich könnte als Fahrer beim Papst anheuern."

Oft bildet sich ein Halbkreis jüngerer Gäste um ihn. Sie animieren ihn oder applaudieren gar und manche versuchen ihm

Getränke zu reichen, bis sie erkennen, dass Thanos außer seinen Fingern, Augenlidern, dem Mund und dem Stimmapparat kaum eine Partie seines Körpers mehr bewegen kann, wenn man die bei ihm sehr seltenen spastischen Zuckungen mal ausnimmt. Das letzte Glas hielt Thanos vor drei Jahren in den Händen. Seither schreitet die Krankheit unaufhaltsam fort, auch weil er die Muskeln nicht mehr trainieren kann.

„Jetzt warte doch!", rufe ich ihm nach, während er an der Rampe der Deponie mit ihrem unfreundlichen Beton-Gebäude vorbei auf den ersten Anstieg am Utkiek zusteuert. Zwar ist sein Rollstuhl geländegängig, die vorderen Reifen sind größer als die hinteren und besitzen ein grobes Profil. Auch bringt der Motor mehr Leistung als andere Rollstühle, wie Thanos mir stets versichert. Doch die Wege zu den Kuppen sind nicht asphaltiert und der Boden hat Furchen, hier und da liegt Geröll. Die Wahrscheinlichkeit, dass der Akku bei der Belastung auch heute irgendwann leer sein wird, ist nicht gering.

„Dass du immer so ungeduldig bist", schimpfe ich mit ihm, umfasse die Griffe und lenke ihn durch die Kurve in den ersten, den steilsten Anstieg. „Du sollst mir nicht abhauen. Hier ist es viel zu gefährlich für dich."

„Der zweite Stern von rechts und dann geradeaus bis zum Morgen", sagt er und gibt Vollgas.

Unter den Reifen knirschen die Steine auf dem furchigen Boden, Splitt fliegt zur Seite, wenn ein Rad durchdreht. Doch ringsum bleibt es still, niemand ist hier. Die Saison für Nachtschwärmer aus allen Teilen der Stadt startet erst im April, wenn die Temperaturen steigen. Die Hügel beginnen zu blühen, ein Meer von Bienen, Schmetterlingen und zirpenden Grillen wogt dann mit den Gräsern über den Hügel. Doch bis dahin … dauert es noch. An klaren Tagen ist die Milchstraße vom Utkiek gut zu erkennen, obwohl wir in einer Großstadt leben. Vermutlich liegt es an den fehlenden Hochhäusern, niedrigen Kirchen und wenigen Großbauten, die abends andernorts von grellen Scheinwerfern angestrahlt werden. Auch kein Flughafen oder Industriebetriebe mit gleißender Beleuchtung trüben hier den Blick in den Nachthimmel. Am Ende aber ist unsere Stadt wohl nur zu klein, um einen Lichtdom zu bilden, der die Sternbilder schluckt. Außerdem ist irgendwann in diesen Tagen Neumond.

Kurz vor Weihnachten zeigte mir Thanos unsere Nachbar-Galaxie, Andromeda. Im gleichen Atemzug erzählte er mir von Star-Trek-Folgen, in denen sie vorkommt. Auch heute entdecke ich sie relativ schnell. Mit Blick Richtung Norden die Milchstraße entlang finde ich Cassiopeia. Gleich daneben, ein winziger Wattebausch, das ist Andromeda. Mir ist nicht klar, ob dieses Sternensystem in Thanos' Film heute eine besondere Rolle spielte. Außer dem Hinweis, dass sich die Spiral-Galaxie mit der unsrigen auf Kollisionskurs befindet, weiß ich nichts über diesen fernen Wattebausch. Doch irgendwo dort oben wird es wohl liegen, das Unentdeckte Land, von dem Thanos in den letzten Tagen häufiger sprach.

Der Weg wird flacher, vollzieht eine Kurve und vor uns auf dem Hügel erhebt sich die hohe Pendelschaukel. Thanos bremst.

„Und jetzt?", will ich von ihm wissen.

„Schaukeln statt rumfahren!"

„Das ist nicht dein Ernst."

„Doch, doch!"

„Und wie soll das gehen?"

„Im Hebetuch. Wir klinken es in die Ketten ein."

„Aber …"

„Vertrau mir!", sagt er und drückt den Steuerknüppel nach vorn, fährt seinen Rollstuhl in den Sand, rangiert ihn rückwärts an das eine Schaukelbrett heran.

„Och, Thanos!"

„Ich nenne dich eine Woche lang nicht mehr Ophelia."

„Ich soll auf dich aufpassen. Stattdessen ziehst du mich von einem Schlamassel in den nächsten. Anfang der Woche die Geschichte mit dem Fahrstuhl bei der Krankenkasse; letzten Freitag der Hund, den du mit der Hupe in den Stacheldraht gejagt hast. Und dauernd muss ich deine Briefe schreiben ... wenn was schiefgeht."

„Komm schon! Ein bisschen Spaß muss sein."

Ich blicke noch einmal hinauf in den Himmel, kann Andromeda nicht mehr finden. Wahrscheinlich irrt in dieser sternenklaren Nacht ein einziges, graues Wölkchen umher und hat sich exakt in diesem Moment vor die Galaxie geschoben. Also folge ich ihm.

„Die Karabiner", sagt er dann. „Steig mal auf die Reifen und klinke einen so weit oben in die Kette, wie du kannst!"

Ich stemme mich hoch, greife einen Karabiner und ziehe mit aller Kraft am Tuch.

„Ja, genauso! Und jetzt den zweiten."

Doch bei dem wird es schwieriger – das Tuch rutscht keinen Millimeter unter Thanos Hintern vor. Sein ganzes Gewicht lastet darauf. „Noch ein bisschen!", ruft er und ich pruste, rutsche ein paar Mal an der höchsten Öse, die ich erreiche, vorbei.

„Das klappt nie."

„Doch Schätzchen! Nur nicht aufgeben! Das ist wie bei allen Sachen im Leben. Wir müssen die Übel ertragen, wenn wir nicht fliehen wollen."

„Fliehen, du machst Witze“, stöhne ich und klinke den Karabiner einfach zwei Kettenglieder tiefer ein. „Höher geht’s nicht.“

„Na, ja!“, brummt er. „ Dann komm mal wieder runter.“

„Und jetzt?“

„Graben!“

„Wie?“

„Den Sand unter den Reifen weg!“

„Aber, dann sinkt er nur tiefer ein.“

„Ja, meine Liebe. Ich aber nicht. Es ist ja schließlich keine Wippe. Guck mal nach oben! Wenn die Ketten straff sind, sind sie straff. Die geben nicht nach.“

„Ok!“, sage ich langatmig, knie mich in den Sand und fange an zu buddeln. Links fünf Mal, rechts fünf Mal, und so weiter.

„Ich schwebe!“, ruft er plötzlich.

Ich richte mich auf, klopfe mir die Hände ab und sehe ihn über dem Sitz des Rollstuhls um Millimeter vor- und zurückschwingen. „Jetzt den Gurt vom Rollstuhl lösen und mir um die Brust!“

„Passiert was, ist der Teufel los“, sage ich.

„Um den mach dir keine Sorgen, Schätzchen! An den habe ich nichts mehr zu verlieren. Fahr mal den Rollstuhl weg!“

Ich drücke den Joystick, die Reifen drehen im Sand ein wenig durch. Dann aber setzt er zurück und Thanos schwebt sichtbar über dem Grund.

„Mein Gott, wenn das einer sieht.“

„Egal!“, raunt er. „Du jetzt rüber zum anderen Brett!“

„Wenn du meinst.“

Ich eile zur anderen Schaukel, setze mich vorsichtig – drüben bei Thanos ändert sich nichts durch den Ruck. Seine Fersen stecken im Sand, der Stoff ist eng um seinen Körper gespannt, doch vom Becken aufwärts bis zum Kopf hängt sein Rumpf trotzdem krumm in diesem Tuch wie eine Banane in ihrer Schale. Die Schlaufen liegen stramm an seinen Schläfen, der zusätzliche Gurt umschlingt seinen Rumpf samt Ketten und verhindert, dass Thanos nach vorne kippt. Wohl ist mir aber nicht zumute. Doch er schwebt seelenruhig über dem Boden.

„Und jetzt mit Schwung!", ruft er.

Ich stoße mich vom Grund ab, schaukle ein wenig, ohne dass sich auf Thanos Seite schon etwas regt. Die Seile zwischen den Pendeln straffen und lösen sich, zerren drüben an den Ketten.

„Kräftiger!", ruft er. „Damit wir in Fahrt kommen!"

„Ich tu' mein Bestes!", schwindle ich und taste immer wieder mit den Schuhspitzen nach dem Grund.

„Jaaaa!", höre ich ihn drüben johlen und siehe da: Sachte schwingt er vor, dann wieder zurück. Mehr als zwanzig Zentimeter mögen es kaum sein, doch er schaukelt. Ich wage ein wenig mehr Schwung, strecke die Füße durch und ziehe an meinen Ketten. Es dauert ein paar Schwünge und dann überträgt sich die neue Energie über die Verbindungsseile auf seine Seite. Thanos hebt ab in die Höhe.

„Yippie!", brüllt er mit den geringen Kräften, die seinen Lungen noch bleiben.

Irgendwo bellt ein Hund in der Ferne, so, als wolle er Thanos in seiner Freude bestätigen. Lautlos schwingen wir durch die kalte, sternklare Nacht.

„Thanos?", frage ich nach einer Weile.

„Ja, Ophelia!"

„Was war das mit den Übeln vorhin, vor denen wir nicht fliehen dürfen?"

„Hamlet."

„Hab' ich nie gelesen!"

„Macht nichts, meine liebe Ophelia! Man muss nicht alles gelesen haben."

„Und was war jetzt die Überraschung für mich, wenn wir wieder zu Hause sind?"

„Ein Brief."

„Für mich?"

„Ja, für dich!"

„Was steht denn drin?"

„Das darf man vorher nicht verraten."

„Komm schon! Ich rackere mich hier die ganze Zeit ab. Gib mit wenigstens einen Tipp!"

„Hamlet."

„Ach, du bist doof, Thanos. Das macht keinen Spaß."

Über Thanos Kopf breitet sich der Orion aus. Leise zieht die Luft an meinen Ohren vorüber.

„Ophelia?"

„Ja, Thanos!"

„Was wirst du tun, wenn ich nicht mehr da bin?"

„Sag sowas bitte nicht! Wir werden noch viel Spaß miteinander haben."

„Was willst du anfangen … mit deinem Leben?"

„Ich wollte immer Menschen pflegen, so wie ich dich pflege."

„Wenn ich eines Tages in das Unentdeckte Land gehe, dann brauchst du einen anderen, einen neuen Thanos."

„Hör bitte auf!"

„Du brauchst einen Ort … und meine Wohnung wird leer sein."

„Wie meinst du das?"

„Das steht alles im Brief, Ophelia. Aber, wenn du richtig viel Schwung gibst, bis ich das Siebengstirn sehen kann, dann verrate ich dir vorher doch schon was.“

„Ist gut!“, sage ich und strecke die Beine kräftig durch.

Renke & Co.

Aber dann konnte ich auf der Seite des Verlages nichts dazu finden, und zwar überhaupt nichts. In Zürich hatte er seinen Sitz und der Name passte auch. Darin war ich mir sicher. Auch, dass eine Geschichte zu diesem Schreibwettbewerb einzureichen sei, die etwa fünf- bis zehntausend Wörter umfasste. Und in keiner Weise wegzudiskutieren war meine Erinnerung, dass sich der Text ausführlich mit dem Wort *Aber* zu befassen hatte. Viel verwirrender noch: Der ausschreibende Verlag trug dieses wandelbare wie von sich aus nichtssagende Wörtchen sogar im eigenen Namen: Verlag Kein & Aber, Bäckerstraße 52, Zürich; ein renommierter, deutschsprachiger Publikumsverlag mit schillernden Autoren im Programm. Doch einen Hinweis zu diesem Wettbewerb fand ich auf seiner Internetseite nicht.

Ich blieb noch einige Minuten auf der Präsenz des Hauses, stöberte im Programm, öffnete wieder die Suchmaschine, gab Schlagworte ein, über die ich vor Tagen auf diese Ausschreibung gestoßen war. In einer Anthologie sollten die Gewinner-Texte erscheinen, einen öffentlichen Leseabend der prämierten Autoren würde es geben, womöglich mit bezahlter Anreise, Kost und Logis. Einen seit Jahren mäßig erfolgreichen Romancier, der seinen Lebensunterhalt und jenen für die Familie ausschließlich mit anderer Arbeit verdienen musste und der seinen jüngsten Roman nach fünf Jahren Arbeit genau in dem Augenblick veröffentlichte, als die Buchläden wegen der Corona-Krise für Wochen schließen sollten, einen solch brotlosen Künstler lockte die Aussicht sehr wohl, nach langer Durststrecke wieder in eine Textsammlung aufgenommen oder gar in den engeren Kreis der Anwärter auf einen kleinen Literaturpreis berufen zu werden. Das machte Hoffnung, denn mit Meriten – seien es noch so kleine Ritterschläge – ließ sich wiederum werben.

Eine Geschichte indes über ein einzelnes Wort zu schreiben, das war am Ende vermutlich nicht meine Sache. Diese Aufgabe reizte wenig. Angezogen hatte mich einzig die Aussicht auf Erfolg, eine allerletzte Hoffnung, jenseits der Mitte meines Lebens angekommen bei einem Literatur-Wettbewerb – den ich trotz angestrengter Recherchen im Netz inzwischen nicht einmal wiederfinden konnte – doch noch ein bisschen berühmt zu werden. Ich haderte also mit meiner Eitelkeit, nichts anderes war es, während die Kinder oben bereits schliefen und meine Frau wohl über dem italienischsprachigen Roman eingenickt war, den ich ihr vor ein paar Tagen zum Geburtstag geschenkt hatte.

Dabei war die Sache eigentlich einfach: Hatte ich einer Leserin kürzlich in einem Online-Leseforum nicht geschildert, dass meine Geschichten immer erst dann zu Papier kämen, wenn ich ein untrügliches Bauchgefühl für die ein, zwei zentralen Figuren entwickelt hätte? Wenn ich draußen auf dem Deich an der Hunte oder in der Haaren-Niederung mit ihnen in der Sonne spazieren oder auf dem Rennrad neben ihnen durch den Wind fahren konnte, obgleich diese Personen in Wahrheit nicht existierten? Hatte ich dieser Leserin nicht glaubhaft zu machen versucht, dass alle vorausgehenden Pläne und Strukturen zu einer Geschichte bei mir spätestens auf der zweiten Seite in sich zusammenbrächen, sei es die Vorgabe, ein geschichtliches Ereignis zum Dreh- und Angelpunkt meiner Erzählung zu machen oder seien es detailreiche Profile der Figuren und Skizzen zu

Orten der Handlung, Zeiten, Abläufe und mannigfaltige Beziehungen oder Verwicklungen der Personen untereinander in meinem noch ungeschriebenen Text, während viele andere Schriftsteller ihre Romane oder Erzählungen anscheinend über Monate, ja teilweise über Jahre vorbereiteten und im Grunde jede Szene, ehe sie diese niederschreiben sollten, im Voraus skizzierten, verfeinerten, korrigierten und immer und immer wieder überprüften, um die Story dann eines Tages mit einem dicken papiernen oder digitalen Konvolut unter dem Arm – sich selbst in Klausur auf eine Alm begebend – binnen weniger Wochen niederzuschreiben. Dieser verschwundene Literaturwettbewerb jedoch markierte den krassen Gegenentwurf: nichts außer einem einzelnen Wort der Vorgabe, einem hilflosen Wort, das ohne zahlreiche Begleiter kaum einen Sinn ergab und mir – wohl gerade deswegen – Kopfschmerzen bereitete. Ins Reine gesprochen war ich also nicht allzu unglücklich darüber, die Seite des Wettbewerbs im Internet nicht mehr finden zu können.

Ohnehin passte diese Wendung besser dazu, dass ich meiner treuen Leserin verraten hatte, wie es trotz zahlreicher Versuche in der Vergangenheit und mahnender Worte befreundeter – deutlich erfolgreicherer Autoren – bei mir mit solchen Vorgaben einfach nicht funktionieren wollte. Stattdessen müsse ich, wie gesagt, spürbar neben meiner Figur auf dem Rennradsattel sitzen und eine halbe Radlänge zurück mit bleischweren Oberschenkeln spüren, wie der nimmer enden wollende Wind sich anschickt, meinen Willen zu brechen, während mein Kumpan auf dem Rennrad nebenan mit großer Wahrscheinlichkeit die gleiche Marter durchleidet, aber anders als ich den Mundwinkel dabei lässig zu einem Lächeln verzieht, und zwar schon seit zwanzig Kilometern, seit wir die neue Brücke über die Hunte hinter Berne überquert hatten und danach frontal in den Wind auf den Deich abbogen. Ja, mit diesem lockeren, überlegenen Lächeln im Augenblick des Schmerzes, ohne jede Gewissheit über den Ausgang des Rennens, mit dieser kühnen Attitüde zwischen Mut und Übermut weit vor der Ziellinie ist ein Charakter geboren und er trägt einen Namen: Renke!

Verwegen zwinkert er mir zu und steigt mitten in der schärfsten Böe aus dem Sattel. Eigentlich kann er mir nichts vormachen – seine Oberschenkel sind ebenso hart und taub wie meine und seine Fußballen stechen vor mangelnder Durchblutung. Renkes Sprunggelenke wackeln bei jedem Tritt ins Pedal, so ermüdet sind Muskeln und Nerven. Nach links wie rechts verpulvert Renke Energie, indem er wuchtig den Lenker hin- und herreißt. Ich kenne das seit Jahren von ihm, fällt mir plötzlich auf: So holt er die letzten Körner aus sich heraus und ruft mir in diebischer Freude über die gewonnenen drei Meter Vorsprung zu:

„Wir sehen und bei der Brückenwirtin …Ich brauch' nur fünf Minuten für dein Schnitzel und dein Alster."

Also stemme auch ich mich in den Stütz und spüre sofort, dass mein rechtes Knie vermutlich die ganze kommende Woche streiken wird nach dieser Tortur und ich fühle links meinen inneren Schenkelmuskel sterben, während Renke mir zu enteilen droht. Am Ende aber habe ich den Burschen immer wieder eingeholt, denn ich besitze den längeren Atem. Doch Renke fährt Rad wie er lebt – seit unserem ersten Treffen in der Reihe direkt vor dem Tisch unserer Lehrerin in der Wallschule. Renke schert sich nie um die letzten Meter vor der Ziellinie, er zieht seine Kraft vielmehr aus jenen Momenten, in denen er bluffen kann, ganz gleich, ob er mit einer behutsameren Taktik zum Schluss dank größerer Kraftreserven vorne gelegen hätte. Eigentlich wäre mir dieser Kerl im Schlussspurt selbst dann überlegen, wenn ich unsere schnellstens zwanzig Kilometer ausgelassen hätte, er jedoch nicht. Doch darum geht es Renke nicht, weder im Rennen noch im Leben. Für Renke zählt es nicht, ob einer unserer Freunde mehr Kinder hat, einen höheren Posten bekleidet, ein größeres Haus besitzt oder ein dickeres Polster auf dem Konto. Nur bei den Frauen ließ Renke niemandem den Vortritt, auch das steckt in diesen leicht erhobenen Mundwinkeln, in seinen grünen, schillernden Augen. Doch momentan sehe ich nur sein blondes, lockiges Haar, das unter dem Helm vorragt, das im Wind flattert und ihm das Äußere eines Surfers verleiht.

Ich bleibe im Stütz und versuche die letzte Kraft irgendwie gezielt nach unten auf die Pedale zu bringen, jeden Schwenk zur Seite mit dem Lenker will ich vermeiden und dem Wind wenig Angriffsfläche bieten, indem ich stark gebückt strample.

„Wart's ab, ich krieg' dich schon!", rufe ich Renke hinterher, während das Gras in den Bornhorster Wiesen von Böen durchzogen wird. Silberne Wellen fließen uns entgegen und kündigen bedrohlich an, wie mächtig die Luft gleich über den Deich schlagen wird und damit in unsere Gesichter.

Die Kette läuft vorne auf dem großen Blatt mit 52 Zähnen, hinten sitzt sie auf dem 16er Ritzel. Einen höheren Gang kann ich bei diesem Wind nicht treten. Dafür fehlt mir – nach einer längeren Tour und allmählich in die Jahre gekommen – mittlerweile die Kraft. Einen deutlich niedrigeren Gang aber hält mein Kreislauf nicht mehr aus. Würde ich zum Beispiel vorne auf das kleinere Blatt wechseln, begänne mein Herz im Nu zu rasen und die Oberschenkel würden mir nichts, dir nichts übersäuern.

Eigentlich fahre ich hier in Norddeutschland jede erdenkliche Strecke auf dem 52er, ja, ich wechsle auch hinten fast nie. Eine Marotte, die ich kultiviere, so wie Renke, der von seinem überdimensionierten 54er Kettenblatt wohl erst ablassen wird, wenn ihm mit 60, 65 Jahren die Beine abfallen. Einmal ist er die letzten zehn Kilometer durchweg im Stand gefahren, weil er den Gang im Sitzen nicht mehr treten konnte. Runterzuschalten schied aber aus.

„Hey Renke! Furunkel am Arsch?", rief ich ihm damals hinterher. Doch heute lasse ich das bleiben, mir fehlt schlichtweg die Puste.

Renke spult inzwischen gut zehn Radlängen vor mir sein Pensum ab und diesmal habe ich Mühe, den Anschluss zu halten. Vielleicht werde ich heute nur Zweiter, also Letzter, da die anderen bei dem starken Wind ausnahmsweise zu Hause geblieben sind. In der Regel sind wir fünf, sechs Männer, die jeden Samstag das Oldenburger Land abfahren. Einen dreißiger Schnitt schaffen wir noch mit Ach und Krach. Doch in nicht allzu ferner Zukunft ist auch das vorbei. Nur Renke wird tricksen, Distanzen verkürzen oder die Strecke – je nach Windrichtung – umkehren und dann abends, wenn wir uns mit anderen Freunden treffen, mit seinem durchschaubaren Grinsen flunkern, unsere Truppe trainiere aktuell für eine Tour hinauf zum Mont Ventoux.

Renke ist ein besonderer Spielertyp, einer, der zwar blufft, aber nicht betrügt. Es ist bitter, dass er seine Frau, die er so lange gesucht hatte, nach wenigen Jahren Ehe an den Krebs verlor. Eine Frau, die ihn in seiner Unsicherheit – die er mit großer Geste noch in der Mitte des Lebens kaschiert, aber stets dabei schmunzelt – durchschaute. Ihr Tod hat Renke das Herz gebrochen und ich bin mir sicher, dass er sich nie wieder so fest binden wird. Außerdem ist Renke von seiner ersten großen Idee als Unternehmer gezeichnet, die er viel zu früh verkaufte. Andere verdienten später mit seinem Car-Sharing-Modell Millionen, während Renke das Geld in die neue Firma steckte und dort in Kürze wieder verlor. Manchmal schmerzt es mich, wie Renke von einem Start-up ins nächste stolpert, immer auf der Suche nach dem ganz großen Ding, das ihn eines Tages für all die Bürden entlohnt. Doch dann sehe ich wieder Renkes kühnen Blick, der nie ganz frei von Selbstironie ist. Vielleicht werde ich heute zum ersten Mal seit Jahren den Anschluss an ihn verlieren, weil Renke erneut aus dem Sattel steigt und sein 54er Kettenblatt kurz vor der großen Hunte-Brücke malträtiert, als sei er vor wenigen Minuten erst auf das Rad gestiegen. Er wäre ein würdiger Sieger. Einem Charakter wie Renke zu unterliegen, ist für jeden mindestens einmal im Leben Pflicht.

Typen wie Renke mochte ich immer gern. Es ist ihre Aufrichtigkeit in all ihren Fehlern und den vermeintlich verschenkten Talenten, über die so viele andere Menschen urteilen: Renke & Co., sie hätten bloß ihre Begabungen vergeudet, hätten mehr aus sich machen können: als Unternehmer, Sportler, als Persönlichkeit des öffentlichen Lebens und damit wichtige Figur für das Gemeinwohl unserer Stadt. Mir aber waren jene Seelen immer näher, die trotz oder wegen ihres Talentes scheitern wie auch jene, die unverhofft zum Glück gelangen und danach eher leise ihr Leben weiter bestreiten. Manche von ihnen sind in misslichster Lage wieder aufgestanden, andere nicht. Einige lassen sich helfen, andere sind dazu nicht in der Lage. Menschen wie Renke & Co. lerne ich in meinem Leben immer wieder kennen und manchmal landen die Macken des Einen und die Facetten der Anderen verschmolzen zu einer Figur in meinen

Geschichten. Doch planen lassen sich diese Abenteuer nie. Spätestens auf der zweiten Seite fällt alles in sich zusammen wie im realen Leben, wenn ich Schicksale mit meinem eigenen Willen bestimmen will. Erst die Geduld bis zum kühnen Blick von Renke & Co. im Angesicht der Niederlage oder ihre stummen Tränen im Moment des Erfolgs sind mir Antrieb und Geleit durch jeden noch so widrigen Moment auf dem Weg zu einer guten Geschichte. Figuren wie die von Renke sind der innerste Kern eines Abenteuers. Um ihr Wesen herum wächst alles organisch. Manches verkümmert dabei, stirbt ab und fällt aus der Geschichte wieder heraus; manches wächst und gedeiht wie von magischer Hand beschützt. Einiges legen Renke & Co. entrüstet ab, wenn ich es ihnen abermals auf den Leib schreiben möchte; anderes behalten sie widerspenstig bei, so sehr ich mir Renke & Co. auch anders wünschte. Das Leben hat mir gezeigt, dass ich warten muss. Es hat mich gelehrt, dass mein Schreiben das Organische Schreiben ist. Seelen wie die von Renke werde ich niemals formen können, weder im echten Leben noch auf dem Blatt Papier.

Das Leben ist stärker und größer als alles, was ich mir vorstellen kann. Manche nennen es Gott, was ich als Leben in all seiner unvorstellbaren Gesamtheit bezeichne. Wie könnte ich also eine Figur anders erwecken, als durch Demut vor jenem Augenblick, der mich mit einem tiefen Gefühl für ihr Wesen beschenkt? Warum in aller Welt sollte ich planen? Renke & Co. haben mich über all die Jahre gelehrt, dass ich keine andere Wahl besitze, als sie geschehen zu lassen. In der Hand habe ich wenig, den Zeitpunkt bestimmen sie, dazu kein Aber. Ohnehin erwachte das Abern in mir immer dann, wenn sich das Leben von meinen Plänen entfernte und die Leere zwischen den zahllosen

Zeilen wuchs. Seit ich Renke & Co. nicht mehr suche, kommen sie von allein. Seit wir Freunde geworden sind, verzeihen mir Renke & Co. es jederzeit, wenn ich ihre Geschichte wieder verlasse und die Treppen hinaufsteige, um mich eine Etage höher zu vergewissern, ob die Kinder ruhig schlafen.

Und vielleicht brennt nebenan noch das Licht und meine Frau erzählt mir, wie spannend der italienische Roman ist, den sie im Augenblick liest.

Ebenfalls bei BoD Norderstedt erschienen

Andreas van Hooven
Stadt der Platanen

Roman 2016, 156 Seiten als Taschenbuch 9,90€, E-Book 2,99€
ISBN 978-3-739-24591-1

Für einen Werbegrafiker ist Berlin vor der Jahrtausendwende eine Oberfläche, unter der nur ein Credo zählt: Wachstum. Eigene Erfolge sind die Insignien und zugleich Attitüden der aufstrebenden Endzwanziger auf den rauschenden Partys der jungen Berliner Republik. Rücken die Niederlagen im eigenen Umfeld näher, wechseln die Protagonisten über Nacht die Rollen oder driften in Doppelleben ab, um nicht nackt zu erscheinen. Organisches Wachstum scheint den Akteuren vor dem Durchbruch ins neue Jahrtausend unmöglich. Konsum und Karriere suchen die aufkeimende Frage nach dem eigenen Lebensstandpunkt zu verkleiden.

Am Ende ist der kurze Roman eine unheilbare Sinnsuche eines Namenlosen zwischen Zugehörigkeit und Individualität.

Mehr Informationen unter www.stadt-der-platanen.de

Erhältlich im BoD-Buchshop: http://zzgnv.qr.ai
und im stationären wie Online-Buchhandel.

Ebenfalls bei BoD Norderstedt erschienen

Andreas van Hooven

Klangkörper

Roman 2017, 288 Seiten als Taschenbuch 12,90€, E-Book 4,99€
ISBN 978-3-744-81970-1

Sie ist voller Energie, sie ist schön und eine begnadete Singer-Songwriterin: Mit 27 Jahren wird Ela von Messingen plötzlich landauf, landab bei Konzerten gefeiert. Für ihre Band, die Stereos, kommt der Durchbruch spät und mit völlig anderer Musik, als ihre fünf Mitglieder sie bislang gemacht haben. In ekstatischen Auftritten zelebriert Ela ihre neuen, von großem Pathos getragenen deutschen Songs. Sie zelebriert Messen radikaler Lebenslust, die das Publikum verzaubern, ihren Freund Phil – der als Bassist mit auf der Bühne steht – jedoch mehr und mehr verstören. Als Ela bei einem Konzert ohnmächtig auf der Bühne zusammenbricht, werden seine Zweifel immer größer. Phil kennt die dunkle Kehrseite von Elas ungezügelten Auftritten. Er weiß, dass sie schon seit Jahren an einer schweren Krankheit leidet. Nach und nach erfährt er, wie Ela sich für die Bühne aufputscht. Und dass sie alles, wirklich alles für den Erfolg in Kauf nimmt. Bis sie eines Tages mit Phil an ihrer Seite dahinfliegt, in eine Welt, in der alle Versprechungen eingelöst sind.

Klangkörper ist ein Roman über ein Liebespaar, das miteinander bis ans Ende der Musik geht.

Mehr Informationen unter www.klangkoerper.nl

Erhältlich im BoD-Buchshop: https://t1p.de/kw0q
und im stationären wie Online-Buchhandel.

Ebenfalls bei BoD Norderstedt erschienen

Andreas van Hooven

Alles ringsum Sichtbare

Roman 2020, 390 Seiten als Taschenbuch 14,99€, E-Book 3,99€
ISBN 978-3-750-44067-8

Joni und Nando schwimmen mitten im Berufsleben zwischen internationalen Medien, globalisierter Wirtschaft und Politik. Eine Erbschaft bringt die Enddreißiger zusammen und mit ihnen zwei Linien einer Familie, die sich am Ende des Zweiten Weltkrieges in Ostpreußen aus den Augen verlor. Die amerikanische Business-Managerin und der deutsche Journalist kommen sich näher und plötzlich steht die Frage im Raum, ob sie eine Familie gründen werden, wo sie gemeinsam leben und worauf sie verzichten. Ihre Lebensentwürfe prallen mehr und mehr aufeinander. Und was hinzukommt: Beim großen Wiedersehen des amerikanischen und des deutschen Familienzweiges zu Weihnachten in der polnischen Dreistadt Tricity tritt die verschüttete Vergangenheit einer grausamen Zeit zu Tage.

Alles ringsum Sichtbare erzählt die großen Fragen von Liebe, Trennung und Verlust im Licht einer Überflussgesellschaft sowie im Schatten eines grausamen Krieges neu.

Mehr Informationen unter
www.alles-ringsum-sichtbare.de

Erhältlich im BoD-Buchshop: https://t1p.de/6o2q
und im stationären wie Online-Buchhandel.